AF221494

Walter Zauner ist Schriftsteller, Satiriker, Kabarettist, Komponist, Dozent für Kreatives Schreiben und Rhetorik. Er bekam Kabarett- und Literaturpreise, darunter den Kabarettpreis der Landeshauptstadt München und den Ernst-Hoferichter-Literaturpreis ebenfalls der Landeshauptstadt München. Er veröffentlichte bislang bei dtv, dem Piperverlag und in der Süddeutschen Zeitung. Außerdem schrieb er für den Bayerischen Rundfunk und den Südwestdeutschen Rundfunk.

Von Walter Zauner liegt außerdem vor:
Begrenztes Vergnügen. 49 Notizen zu Viktor und Violetta. Roman (2021)

Christbaumvergiftung – war das nicht eine grandiose Wortschöpfung meiner Tante Martha? Damit meinte sie, dass alles, was volljährig in der Familie war, am Heiligen Abend zu viel vom berüchtigten Vorarlberger Weihnachtsobstler zu sich genommen hätte.

Wortgierig wie unsere gesamte Familie war, wurde dieser Begriff sofort ins familiäre Vokabularium aufgenommen und lustvoll erweitert. Nicht nur eine Überdosis an Alkohol oder fettem Gänsebraten konnte zu einer Christbaumvergiftung führen, sondern irgendwann konnte jede andere erdenkliche Überdosis Weihnachten eine hochgradige Christbaumvergiftung auslösen: eine Überdosis Familie, Verwandtschaft, zu viel Weihnachtsansprachen und Weihnachtslieder, zu viel weihnachtliche Fußgängerzone ….

Da half nur ein Obstler. Und gleich noch einer. Aber das steigerte eben nur noch die Christbaumvergiftung. Und überdies auch die weihnachtlichen Streitereien, Bosheiten, Scheinheiligkeiten und Gehässigkeiten.

In diesem Buch hat der Autor einige Krankheitsverläufe einer Christbaumvergiftung beschrieben: witzig, grotesk, makaber. Unvermeidlich. Viel Spaß damit. Und ja: Fröhliche Weihnachten!

Walter Zauner

Christbaumvergiftung

Unvermeidliche Satiren zur Weihnachtszeit

FSC

www.fsc.org

MIX

Papier aus ver-
antwortungsvollen
Quellen
Paper from
responsible sources

FSC® C105338

© 2021 Walter Zauner

Umschlaggestaltung: Max Beier

Herstellung und Verlag: BoD – Books on Demand,
Norderstedt

ISBN: 9783754356784

Das Werk, einschließlich seiner Teile, ist urheber-
rechtlich geschützt. Jede Verwertung ist ohne Zu-
stimmung des Verlages und des Autors unzulässig.
Dies gilt insbesondere für die elektronische oder
sonstige Vervielfältigung, Übersetzung, Verbreitung
und öffentliche Zugänglichmachung.

Bibliografische Information der Deutschen Nationalbibliothek:
Die Deutsche Nationalbibliothek verzeichnet diese
Publikation in der Deutschen Nationalbibliografie;
detaillierte bibliografische Daten sind im Internet
über http://dnb.dnb.de abrufbar.

Inhaltsverzeichnis

Christbaumvergiftung. Oder: Finale natale

Wenn ich nach Weihnachten meiner Tante Martha, die aus Bregenz stammte, begegnete und ich sie fragte, wie denn ihr Weihnachten verlaufen sei, sagte sie: „Sehr schön. A große Hetz (Spaß) hemmer g'habt. Am A'fang. Karte g'spielt und Witz' derzählt. Z'viel trunke. Viel z'viel. Und wie jed'smal hemmer am End a fürchterliche Chrischtbaumvergiftung g'hätt!"

Christbaumvergiftung - eine grandiose Wortschöpfung meiner Tante Martha, die als Heimatdichterin durchaus zu einem gewissen Ruhm in Vorarlberg gelangt ist. Damit meinte sie, dass ihr Mann, die Oma, der Opa, ihre Onkel und Tanten, also alles, was volljährig war in der Familie, am Heiligen Abend zu viel vom berüchtigten Vorarlberger Weihnachtsobstler zu sich genommen hätten. Wenn mein Patenonkel Franz bereits beim Schmücken des Christbaums vor lauter Glühwein in die Kugeln, Kerzen und das Lametta hineingefallen ist, war das ein weiterer intensiver Fall von vorzeitiger, aber hochprozentiger Christbaumvergiftung.

Wortgierig wie unsere gesamte Familie war, wurde dieser Begriff sofort ins familiäre Vokabularium aufgenommen und lustvoll verwendet. Nach und nach weitete sich diese ausdrucksvolle Redewendung in unserer Familie, einer Familie, die für weihnachtliche Stimmungen und Bräuche sehr anfällig war und durchaus Symptome von vielfältigem weihnachtlichen Suchtverhalten zeigte, aus. Nicht nur eine Überdosis an Alkohol, Weihnachtsgebäck oder fettem Gänsebraten konnte zu einer Christbaumvergiftung führen, sondern irgendwann konnte jede erdenkliche Überdosis Weihnachten eine Christbaumvergiftung auslösen: eine Überdosis Verwandtschaft, zu viel Weihnachtslieder, sogar zu viel Weihnachtsoratorium konnten zu einer schlimmen Christbaumvergiftung führen.

Auch die vor Scheinheiligkeit triefende Predigt eines Pfarrers, das falsche Singen eines Kinderchors, das fromme Stottern des ersten Hirten von rechts beim alljährlichen Krippenspiel. Ganz zu schweigen von den inflationären Weihnachtsansprachen der jeweiligen Bundespräsidenten und Bundeskanzler*innen.

Dann hieß es „Ruhe, Kinder: der Bundespräsident spricht!" Vater stellte den Fernseher lauter. Mutter floh vor diesem ranzigen Weihnachtsgeschwafel in die Küche, Onkel Konrad schimpfte: „Wie der wieder lügt!" - „Du Kommunist!" sagte Vater. - „Nicht streiten am Heiligen Abend!" rief Mutter aus der Küche. Vater sagte: „Solche wie du sind schuld!" - „Woran?" fragte Onkel Konrad. - „An allem!" antwortete Vater. „Nicht streiten!" schreit Mutter noch einmal. Im Fernseher tönte der Bundespräsident: „Wir gehören alle zusammen." - „Nein," schrie Onkel Konrad. - „Doch", schrie Vater zurück. - „Was gehört zusammen?" schrie Mutter. „Wir gehören zusammen", flüsterte mein kleiner Bruder.

Vater war einfach überfordert. Mutter auch. Onkel Konrad am meisten. Erst vor vier Stunden der Fußgängerzone gerade noch entkommen. Dem orgiastischen Glühweindampf und Weihnachtskrampf. „Der vierjährige Peter sucht seine Eltern." Konsumwürgende Schlangen zu allem entschlossener Massen. Jingle bells, jingle bells. Vorweihnachtlicher Körperkontakt. White Christmas. Alle wollen noch den neuen Robotlobot FT 27. „Den gibt's im ersten Stock." – „Da war ich aber schon." - „Dann weiß ich auch nicht." - „Der vierjährige Peter sucht noch immer seine Eltern."

Im Fernsehen explodierte es: Weihnachtsschleim in Dur und Moll: gehaucht, gebrüllt, geröchelt. „Warten aufs Christkindl im Pfaffenwinkel!" – „Warten aufs Christkindl im Erzgebirge!" – „Warten aufs Christkindl im Zillertal." - Fröhlich soll mein Herze springen!

Da half nur ein Obstler. Und gleich noch einer. Aber das verschlimmerte eben nur noch die Christbaumvergiftung. Und überdies auch die Streitereien, Bosheiten, Scheinheiligkeiten und Gehässigkeiten.

Oder wie Tante Marta aus Vorarlberg reimte:

'S war wieder eine richtige Christbaumvergiftung
zum Fest der Liebe, zum Fest der Hiebe,
des wilden Kaufens und noch wilderen Saufens,
der süßen Klänge und der sauren Zwänge,
der frommen Lüste und Gänsebrüste ….

Meine Familie atmete auf, wenn spätestens an Dreikönig die Erreger dieser Christbaumvergiftung verschwanden. Wir hatten sie wieder einmal ohne größere gesundheitliche Schäden überstanden und erholten uns nach und nach, stärkten uns – und konnten uns so schon spätestens ab August wieder zunehmend auf die Weihnachtszeit freuen.

Unverbesserlich. Süchtig. Verfallen.

Vom Elend beim Verfassen einer Weihnachgeschichte

Ich hätte nicht mehr ins Haus zurückgehen sollen. Damit wurde die endgültig letzte Runde im Beziehungsboxen zwischen Anna und mir unwiderruflich eingeläutet. Wir saßen bereits im vollgepackten Auto, um für einige Wochen in die Toskana zu entschwinden. Anna ließ bereits den Motor an. Da stieg ich aus und ging noch einmal ins Haus zurück, um zwanghaft, wie ich nun einmal bin, inzwischen zum dritten Mal zu prüfen, ob das Licht überall aus, der Herd ab- und der Anrufbeantworter eingeschaltet sind. Natürlich war alles in Ordnung. Ich wollte gerade wieder die Haustür hinter mir schließen, da läutete das Telefon. Sie können es mir glauben, ich hatte absolut nicht vor dranzugehen. Ich dachte, nein, jetzt nicht mehr. Ich hob ab. Das hätte ich nicht machen sollen.

Rita Wortmann, die charmante Lektorin, war am Apparat: „Ach, das hätte ich jetzt gar nicht mehr erwartet. Da hab' ich ja richtig Glück gehabt."

Ich habe ein feines Ohr und bemerkte sofort den grausamen Unterton.

„Irre ich mich oder sind Sie in dieser Zeit nicht schon immer in der Toskana?"

„Stimmt«, sagte ich, »ich bin auch praktisch schon weg. Fast auf halber Strecke nach Siena."

„Sich einfach wegstehlen! Sie sind mir einer! Und was macht die versprochene Weihnachtsgeschichte, hm?", fragte Rita Wortmann mit warmer Stimme.

„Aber ich dachte, der Termin sei erst - "

"Viel zu spät, mein Lieber!" –

‚Mein Lieber' hatte sie noch nie zu mir gesagt, obwohl ich sie seit Jahren zuverlässig mit Weihnachtsgeschichten verschiedenster Art beliefere. Es wurde ernst.

„Außerdem haben Sie da unten genau die Zeit und die Muße, die man für Weihnachtsgeschichten braucht. Oder?", fügte sie heimtückisch hinzu.

„Sie wissen selber, ich habe absolut nichts gegen Weihnachtsgeschichten", sagte ich.

„Aber deswegen kümmere ich mich ja auch so um Sie, mein Lieber.« Schon wieder dieses 'Mein Lieber!' - Die versteht ihr Metier. Aber ich gab mich nicht so schnell geschlagen. Diesmal nicht. Ich konterte auch zum ersten Mal mit – meine 'liebe' Rita.

Ich sagte: „Meine liebe Rita, wie gesagt habe ich nichts gegen Weihnachten, aber wissen Sie, so kurz vor Siena ... "

„Ach, vorhin waren Sie erst auf halber Strecke nach Siena", unterbrach sie mich, „das geht ja rasant bei Ihnen. Und ich dachte, Sie freuen sich über den Auftrag."

„Schon. Ich fürchte nur, mir fällt im italienischen Sommer keine deutsche Weihnachtsgeschichte ein."

„Ach, jetzt stellen Sie sich nicht so an!«, sagte Rita Wortmann, „Sie setzen doch Ihren Rumtopf auch bereits im Sommer an, wenn er richtig durchziehen soll und wenn Sie ihn zu den Weihnachtsfeiertagen genießen wollen.

Denken Sie an Dickens, der hat seine Weihnachtsge-schichten sicher auch nicht erst eine Woche vor Weih-nachten angefangen."

Sie hatte ja Recht: Man kann sich als Autor von Weih-nachtsgeschichtenschichten nicht erst Ende November hinsetzen. Bis so eine Geschichte fertig geschrieben ist, und erst recht bis sie dann eine Zeitung, einen Verlag oder Rundfunksender erreicht hat, ist Weihnachten längst vor-bei, und schon zwei Tage nach dem 24. Dezember haben Weihnachts-geschichten schlagartig etwas Absurdes und völlig Überflüssiges an sich.

Gut, ich könnte dieses Weihnachten schriftstellerisch überspringen und erst wieder nächstes Jahr weihnacht-lich zuschlagen. Aber wer weiß, was übers Jahr ist? Viel-leicht wird der Bedarf an Weihnachtsgeschichten drama-tisch gesunken sein. Oder vielleicht hat Rita Wortmann dann schon einen anderen, etwas gehorsameren Autoren an der Hand? Das wäre für mich, der inzwischen - ja, ich gebe es zu –fast ausschließlich vom Schreiben von Weih-nachtsgeschichten lebt, leben muss, eine Katastrophe. Denn inzwischen schreibe ich Weihnachtsgeschichten für jeden, der eine haben will. Von der Apothekenrundschau bis zur „Bäckerblume", vom Evangelischen Gemeinde-blatt bis hin zu Börsenblättern. Sogar der Weissensberger Heimatspiegel hat letztes Jahr eine Adventsgeschichte von mir veröffentlicht. Ich, der ich einst ausgezogen war, Romane, Theaterstücke und Drehbücher zu verfassen, er-nähre mich inzwischen von Weihnachtsgeschichten! Das stärkt nicht gerade das schriftstellerische Selbstbewusst-sein!

Niemand verlangt von mir eine Sommer- oder Herbstgeschichte oder gar eine, die im Frühling von erwachenden Gefühlen handelt. Alle wollen sie nur Weihnachtsgeschichten. Ich habe in den letzten 25 Jahren, solange ich Weihnachtsgeschichten schreibe, alles abgehandelt. Alles! Weihnachten bei Armen und Reichen, bei Weihnachtshassern oder -fanatikern, Weihnachten mit Schnee und ohne Schnee, im Gebirge und im Flachland, in Afrika. Ich habe sogar in der „Rosa Gazette" eine einfühlsame Geschichte über einen Heiligen Abend in einer schwulen Wohngemeinschaft untergebracht. Seitdem liegt mir der Redakteur des Blatts immer schon im April in den Ohren.

Tollkühn hatte ich Rita Wortmann vor drei Jahren einen dicken Kriminalroman angeboten. »Gerne«, hat sie gesagt, »aber nur, wenn der Mord unter dem Christbaum passiert. Das liegt Ihnen!"

„Vielleicht", beendete Rita jetzt das Gespräch, „denken Sie einmal an mich. Sie müssen sich nur mit Ihren eigenen Weihnachtsgeschichten herumschlagen. Aber ich habe mich in 20 Jahren mit exakt 257 Weihnachtsgeschichten abquälen müssen. In der Zeit bin ich neunmal zur Großmutter gemacht worden! Das ist Gehirnwäsche mittels Lametta und Christbaumkugeln!«

Ich ging zum Auto zurück, sah Anna warten und dachte, dass ich ihr versprochen hatte, sie nie mehr mit irgendwelchen Weihnachtsgeschichten zu behelligen, schon gar nicht im Sommer in der Toskana. Unsere Beziehung war in den letzten Jahren aufgrund meiner schriftstellerischen Spezialisierung immer problematischer geworden. Ich bin fest davon überzeugt, dass sie zu retten gewesen wäre, wenn ich schlagartig damit begonnen hätte, unverständliche Lyrik zu schreiben. Oder auch Tiergeschichten, wenn nur kein Ochs und kein Esel darin vorkämen.

Anna sah mich, mein Gesicht, meinen Gang und sagte: „Du hast natürlich wieder zugesagt."

In der Toskana habe ich mich dann auch sofort hingesetzt, um angesichts von Weinbergen bei Temperaturen von über 30 Grad Weihnachtliches zu verfassen. Der toskanische Sommer flirrte und zirpte draußen vor sich hin, ging seinem letzten sinnlichen Höhepunkt entgegen. Nachts regnete es Sternschnuppen. Ich schwöre Ihnen, ich hätte über alles schreiben können. Am liebsten wäre mir etwas Utopisches gewesen: über eine Zeit, in der es kein Weihnachten mehr gibt.

Aber so konnte es nicht weitergehen. Ich musste endgültig in eine schriftstellerisch notwendige Weihnachtsstimmung kommen. Ich beschloss, für den wunderbar grünen raumhohen Zimmerlorbeer Kerzen zu kaufen.

Italien kennt leider nicht diese roten Christbaumkerzen, die ich für eine weihnachtliche Atmosphäre eigentlich benötige.

Also versuchte ich es mit diesen nackten weißen Haushaltskerzen, die ich in der Dämmerung anzündete und die zusammen mit den gewaltigen Außentemperaturen eine Hitze entwickelten, dass sie sich bogen, so dass ich zwischendurch auf die Terrasse flüchten musste.

Am nächsten Abend kam zu den Kerzen Glühwein. Heißer Glühwein! Ja, ich gestehe es: Ich schändete wunderbarsten Rotwein aus Montalcino, um daraus klebrigen Glühwein zu bereiten.

Aber der Weg schien der richtige zu sein. Der Glühwein-duft in der Nase und der Glühweingehalt im Kopf – der vor allem! - verhalfen mir zu meinem ersten weihnachtlichen Satz. Wenn er Sie zufälligerweise interessieren sollte: „Kurz vor Weihnachten näherte sich, wie jedes Jahr, ein Engel der Erde …" - Nun, gut! Nicht sonderlich originell. Ich weiß. Aber ein Anfang. Anna wollte ihn nicht hören.

Weiter kam ich an diesem Abend nicht. Ich versuchte mir vorzustellen, dass es draußen schneite. Klappte natürlich nicht. Das brachte mich auf die Idee, Weihnachtslieder vor mich hinzusummen – „O du fröhliche" oder „Leise rie-selt der Schnee".

Ich wurde - vor allem von deutschen Touristen - blöd an-geschaut, wenn ich »Stille Nacht« summend durch den Supermercato ging, aber die Geschichte, zumindest der erste Satz, wuchs: „Kurz vor Weihnachten näherte sich, wie jedes Jahr, in der Abenddämmerung ein Engel der Erde, um in der Fußgängerzone unserer Stadt ein Leuch-ten … ein Glänzen… Glitzern, ja, Glitzern! …."

Ich ließ mir aus der Heimat von Freunden übrig geblie-bene Nürnberger Lebkuchen schicken. Steinhart. In ei-nem Begleitbrief fragten sie an, ob alles in Ordnung sei im Süden. Ich bat Anna, kräftig einzuheizen, mir gebratene Äpfel und Esskastanien zuzubereiten, ihre guten Hasel-nussplätzchen mit Cognac zu backen und dabei auch Weihnachtslieder vor sich hin zu summen.

Ich frage Sie: War das zu viel verlangt von einer langjähri-gen Lebensgefährtin? Nur zu summen, nicht zu singen! Denn Anna sang, nein, sie schrie so laut und aggressiv diese eigentlich so schönen, besinnlichen Weihnachtslieder aus sich heraus, dass sie mir damit auch die geringsten Ansätze weihnachtlicher Stimmung aus der Seele schmetterte. »Still, still, still, weil's Kindlein schlafen will« - brüllte sie mir entgegen.

Daraufhin griff ich schließlich zum Weihnachtsoratorium, das ich mir von einem verwunderten italienischen Freund besorgt hatte. „Jauchzet, frohlocket!«, dröhnte es durch die toskanische Sommernacht.

„Kurz vor Weihnachten", schrieb ich, „näherte sich in der Abenddämmerung, wie jedes Jahr, ein Engel - nennen wir ihn einfach Rita... - nein, nein, keine Namen ... das könnte ins Auge gehen - näherte sich ein namenloser Engel der Erde, um in der trostlosen Fußgängerzone unserer grauen Stadt ein Glitzern des Friedens ... ein sanftes, ein wundersames Glitzern des Friedens ..." Anna nahm seit einigen Tagen ihr Abendessen in der Pizzeria ein.

Zum Anfang meiner Geschichte kam dann auch ein passender Schluss, an dem der namenlose Engel wieder nach oben entschwebte, und natürlich auch ein wenig Handlung zwischendrin – Beides erspare ich Ihnen jetzt.

Jedenfalls: als ich die Geschichte am 22. August fertig geschrieben hatte, gab es zur Feier des Tages eine Weihnachtsgans mit Knödeln und Blaukraut, von mir selber zubereitet nach dem alten Rezept meiner Tante Cilly.

An diesem Essen nahm Anna bereits nicht mehr teil. Auch an keinem weiteren mehr. Der namenlose Engel hatte uns auseinandergebracht. Endgültig.

Aus dem Tagebuch eines engagierten Münchner Christkindlmarkt-Experten

Um die Woche beschaulich ausklingen zu lassen, habe ich mich mit Peter und Niki auf dem Schwabinger Weihnachtsmarkt verabredet, um mit ihnen ein, zwei Gläser Glühwein zu trinken.

Um 12 Uhr 15 komme ich an der Münchner Freiheit an. Peter und Niki sind noch nicht da. Also muss ich wohl oder übel den ersten Glühwein allein trinken. Als die beiden endlich eintreffen, habe ich bereits die zweite Tasse zur Hälfte geleert.

Wir unterhalten uns über alte Zeiten und darüber, dass wir uns vor nunmehr vier Jahren auf dem Schwabinger Weihnachtsmarkt genau an diesem Stand beim Glühweintrinken kennen gelernt haben. Wir kommen aufs Leben an sich und die Liebe im Besonderen zu sprechen.

So kommt es sehr schnell zum dritten bzw. kurz später zum vierten Glas Glühwein.

Aber schon um 13 Uhr 45 muss ich aufbrechen, weil ich schon um zwei mit Thomas auf dem Neuhausener Weihnachtsmarkt am Rotkreuzplatz verabredet bin.

Mit ihm trinke ich einen Teisendorfer Weihnachtstrunk, der auf der Grundlage von Früchtetee mit Enzian und Rum gemischt wird.

Angeblich eine Chiemgauer Spezialität aus dem 17.Jahrhundert. Ich genehmige mir zwei Tassen davon, wobei wir uns angeregt über das Leben an sich und die Liebe im Besonderen unterhalten.

Ich winke von weitem meiner Nachbarin Monika zu, deren Lippen wieder einmal innig an einem Glas Unterbriesacher Muttergottes-Punch kleben. Wie es aussieht schon länger. Die kriegt nie genug, denk' ich mir.

Damit sie aber nicht allein trinken muss, gönne auch ich mir ein Gläschen von diesem kräftigen Muttergottes-Punch. Vielleicht etwas zu süß. Vor allem für einen Nicht-Katholiken wie mich.

Auf dem Weg zur U-Bahn bleibe ich an einem Stand hängen, der weißen Glühwein auf der Grundlage von Grünem Veltliner aus dem schönen Burgenland anbietet. Überzeugt mich überhaupt nicht. Deswegen nur eine Tasse. Dann steige ich in die U-Bahn ein.

Es ist bereits 15 Uhr sieben, als ich auf dem Giesinger Weihnachtsmarkt eintreffe. Ich besuche ihn dieses Jahr zum ersten Mal. Deswegen kenne ich hier noch niemanden. Aber das macht nichts.

Umso besser schmeckt der Zirltaler Winterpunch auf der Grundlage von Kirschwasser mit schwarzem Tee. An und für sich zu kräftig für die Tageszeit, obwohl es schon dunkelt. Deswegen bleibt es auch bei einem Glas. Aber den Zirltaler Winterpunch wird man sich merken müssen!

Um 15 Uhr 33 nehme ich die Straßenbahn, die mich vom Giesinger Weihnachtsmarkt direkt zum Haidhausener Weihnachtsmarkt am Weißenburger Platz bringt. Ich bin dort mit Hermann verabredet, der sich aber wieder einmal verspätet.

Also kaufe ich allein ein Glas Finsterglühwein und stelle mich zu einer Gruppe mit japanischen Touristen. Mit ihnen trinke ich noch zwei warme Jäger - das ist ein heißes alkoholreiches Getränk auf der Grundlage von Wasser und Kräuterlikör. Das macht die Japaner sehr glücklich, und ich singe mit ihnen „O Tannenbaum".

Danach muss ich aber weiter, gehe zur S-Bahn und fahre um genau 16 Uhr 17 zum zentralen Weihnachtsmarkt am Marienplatz.

Jetzt dunkelt es bereits gewaltig. Trotzdem erkenne ich an einem Glühweinstand Hermann, mit dem ich mich an sich auf dem Haidhausener Weihnachtsmarkt am Weißenburger Platz treffen wollte.

Nach erheblichen Vorwürfen meinerseits versöhnen wir uns bei einem heißen Ratzebutz. Das ist kein einheimisches Getränk. Man trinkt es zur Weihnachtszeit im Badischen. Auf der Grundlage von Bärwurzschnaps und Ingwerlikör. Andere Länder, andere Sitten!

Gegen 17 Uhr sagt Hermann, ich solle nicht schwächeln und ihn auf den Pasinger Weihnachtsmarkt begleiten. Freilich, sag' ich, das ist der nächste Weg für einen der noch einmal auf den Schwabinger Weihnachtsmarkt muss.

Aber, sagt der Hermann, da gibt's den feinen schlesischen Christfestsschoppen! - Überredet!

Wir fahren nach Pasing. Aber erwischen blöderweise die S 7, die gar nicht nach Pasing fährt, sondern nach Solln. Trotzdem ärgern wir uns nicht, weil wir auf diese Weise

auch noch den Mittersendlinger Christkindlmarkt mitneh-
men können.

Wir kommen mit einer jüngeren Frau bei heißem Kloben-
steiner Wurzhüttengeist aus dem bayerischen Oberland
ins Gespräch und landen in Kürze beim Leben an sich und
der Liebe im Besonderen. Das schlägt dem Hermann aufs
Gemüt, und wir brechen jäh zum Pasinger Weihnachtsmarkt auf, den wir um 17 Uhr 55 erreichen.

Aber von dem hochgelobten schlesischen Christfestsschoppen bin ich eher enttäuscht, gebe ihm aber noch
eine zweite, dritte, gar eine vierte Chance. Aber es ist und
bleibt ein süßes, klebriges Zeug. Trotz seiner 38 Prozent.

Leicht verärgert setze ich mich deshalb um 18 Uhr 31 in die
S-Bahn.

Da ich ein Mensch bin, der ungern im Leben was auslässt,
mache ich noch einen Abstecher zum Stephansplatz, auf
dem heuer das erste Mal ein Weihnachtsmarkt stattfin-
det, auf dem sich vor allem Männer einfinden. Warum
auch nicht? Jeder hat Recht auf einen Weihnachtsmarkt.

Aber der Christbaum, der da zwischen diesen Männern
steht, überrascht mich dann doch. Er ist sehr rosa. Weil,
sagt der blonde Hans vom Crazy-Lacey-Pink-Getränke-
stand, unser Advent ist halt rosa. Wir feiern so, wie wir leben, sagt er und schaut mich an. Dann unterhält er sich
mit mir über das rosa Leben an sich und die Liebe zum
Manne im Besonderen und lädt mich zu einem hochprozentigen kohlrabenschwarzen Lumumba ein. Er ist so
heiß wie der Heiße Bischof, den es hier auch gibt, der sehr
würzig ist, aber alkoholmäßig doch eher uninteressant.
Da sollte die Kirche endlich einmal ein Machtwort

sprechen. Probiert habe ich alles auf diesem rosa Markt, weil ich eben ein Mensch ohne Vorurteile bin.

Übrigens habe ich dort auch meinen Nachbarn Willi Stadler getroffen, dem das überhaupt nicht recht war. Mir eigentlich auch nicht. Trotzdem haben wir uns gegrüßt.

Um weder am schwarzen Lumumba noch am blonden Hans kleben zu bleiben, eile ich noch einmal zum Marienplatz.

Hier entdecke ich einen Getränkestand der Caritas, der etliche lateinamerikanische Weihnachtsgetränke anbietet, wie ja überhaupt unsere Weihnachtsmärkte verstärkt der Globalisierung Rechnung tragen. Ich entscheide mich für einen hochprozentigen Navidad Kakao auf der Grundlage von kubanischem Rum, Zimt und Sahne mit Knoblauchflocken

Ich nehme sogar noch eine zweite Tasse zu mir, weil es einer guten Sache dient und weil ich mich von einer Brasilianerin in den besten Jahren in eine Diskussion über das Leben an sich und die Liebe im Besonderen verwickeln lasse.

So kommt es eben sehr schnell noch zu zwei heißen Zitroneningwer-Likör-Gläschen, einem heißen Christmas Caipirinha und am Stand daneben zu einem Fläschchen Kötztinger Fichtennadeleukalyptus-Schauminspiration, die mich aber geschmacklich eher an flüssiges Badesalz erinnert.

Den schwedischen Elch-Engelchen-Likör, das Dingolfinger gestachelte Süßwarmbier, den charmanten Potsdamer Amaretto-Eier-Himbeer-Punch sowie den chilenischen

Affenschwanz aus Wodka mit Milch, Vanille und Muskat vom Weihnachtsmarkt in der Residenz erspar ich Ihnen. Ich hab' mir nichts erspart, was rückblickend keine ausgereifte Entscheidung war.

Deswegen eiliger Aufbruch zum Schwabinger Weihnachtsmarkt, wo Peter und Niki sich nicht mehr über das Leben an sich, sondern nur noch über die Liebe unterhalten.

Ich genehmige mir die zwei letzten Glühweingläser, schwemme damit die Kötztinger Fichtennadeleukalyptus-Schauminspiration weg und mache meinen Freunden den Vorschlag, diesen vorweihnachtlichen Abend mit dem schönen Andachtsjodler würdig ausklingen zu lassen. Unser Gesang geht allen ans Gemüt, und so singt bei der vierten Wiederholung bereits der halbe Schwabinger Weihnachtsmarkt mit. Djodjodioh!

Sogar der Massimo vom italienischen Stand jodelt mit. Ich umarme ihn dafür, und er lädt mich zu einem sizilianischen „Buon-Natale-Punch" ein. Wenn sich meine heute schon arg strapazierten Geschmacksnerven nicht irren: heißer Lambrusco mit viel Ramazotti.

Um 19 Uhr 30 gehe ich mit feuchten Augen und wende mich anderen wichtigen Dingen des Lebens zu, das halt nicht nur aus Weihnachten besteht.

Trotzdem allerseits ein fröhliches und ein wenig besinnliches Djodjodioh!

Fredis vierter Advent

So, Fredi, jetzt machen wir es uns so richtig gemütlich. Du setzt dich auf die Couch, und ich setz mich neben dich, und dann schauen wir einmal, was deine Franzi für dich hat.

Ja, da schau her! Ein selbstgebackenes Haselnusslaiberl!

Da freut sich einer. Gell?

Und jetzt zwei von den selbstgebackenen Haselnussmakronen! Und gleich noch eins von den Bananenmakronen!

Oder vielleicht doch lieber vorher ein Berner Makronenküchli?

Das schmeckt meinem Fredi. Gell?

Und alles selbst gebacken. Fredi, was sagst du jetzt? Alles selbst gebacken!

Auch die Mandel-Anis-Sterne. Aus echtem Marzipan! Und mit drei Eiern! Nur für meinen Fredi!

Und die Honigkuchenschnitten mit den halbierten Paranüssen haben dir doch letztes Weihnachten schon so gut geschmeckt!

Das ist ein Rezept von der Tante Berta! Gell, die schmecken meinem Fredi, die Honigkuchenschnitten mit den halbierten Paranüssen, auch wenn die Tante Berta früher immer geviertelte Walnüsse genommen hat, weil's damals noch keine Paranüsse gegeben hat in der schlechten Zeit.

Schön aufessen, Fredi!

Sonst kriegst auch keine gepuderten Zimtsterne.

So, ist's brav. Da freut sich deine Franzi.

Deswegen gibt's als Belohnung auch einen böhmischen glasierten Zitrusstern. Süßsauer, Fredi!

Und was haben wir da? Einen glasierten Zimt-Lebkuchen-Würfel mit Orangeat, Zitronat und Glutamat!

Und da? Ein Soojee Kul Kuls! Ein originalindisches Weihnachtsplätzchen, also, wenn der Inder Weihnachten feiern tät! Gell? Ein Soojee Kul Kuls!

Vielleicht doch noch lieber eines von meinen Vanillekipferl!

Das geht schon noch rein. Mund auf! Sonst ist deine Franzi böse!

So, und jetzt meine kandierten Früchte! Was sagst du? Es geht nichts mehr. Eines geht immer. Man muss nur wollen.

Fredi, du, wenn du jetzt die kandierten Früchte isst, dann kriegst heute noch ganz andere Früchte von deiner Franzi.

Aber zuerst noch meine Ingwerhäuferl aus dem fernen Niederbayern! Und die feinen Kokosmakronen aus der Oberpfalz.

Die passen schon noch rein in meinen Fredi. Und die würzigen Elisenlebkuchen auch! Gell, die schmecken!

Was schnaufst denn so, Fredi?

Noch die Mandelkipferl, die Mandelkrokantplätzchen, die Mandeltaler. Alles mit Mandeln.

Und für jede Backe eine Walnuss-Nougat-Kugel!

Was hast denn für einen stieren Blick, Fredi?

Geh, eine Pfeffernuss vertragst du schon noch, Fredi, eine klitzekleine Pfeffernuss! Und ein Nussbusserl von deiner Franzi. Und einen russischen Kosakenzipfel mit Zimt und viel Vanille und ein dänisches Dattelplätzchen mit Feigenrolle!

Schau, und das ist was Neues: Quittenkonfekt und Schwarz-Weiß-Gebäck! Das hab' ich von der Beate, die hat das jedes Jahr für den Pit backen müssen!

Musst du jetzt wirklich so schnaufen, Fredi? Reiß' dich halt ein bisschen zusammen!

Schau, zur Abrundung noch einen Spekulatius, ein Springerle und einen ostfriesischen Stutenkerl mit Rumrosinen!

Jetzt haben wir's eh schon gleich geschafft,

Fredi!

Noch zwei Aachener Printen und Frankfurter Brenten!

Fredi? Fredi!

Du, vergiss mir vor lauter Schnaufen nicht das Dresdner Weihnachtsgebäck!

Fredi, ist was? Fredi! Ja, sag' mal! Sag' was, Fredi! Warum sagst du nichts? Was röchelst denn? Ist dir gar was im Hals stecken geblieben?

Also jetzt reicht's mir wirklich, Fredi!

Da stellt man sich tagelang in die Küche und backt und backt und backt! Und als Dank dafür wird man bloß blöd angestiert! Und das schon länger als drei Minuten!

Leonies Patchwork Christmas

Was müssen das früher für Zeiten gewesen sein, in denen am 24. Dezember der Heilige Abend, wie es sich gehört, auch tatsächlich erst am Abend im trauten, überschaubaren Kreis der Familie begonnen hat und dann allenfalls vier, fünf Stunden dauerte. Heute ist ein durchschnittlicher Heiliger Abend nur durch kluges Timing einigermaßen zu bewältigen. Das gilt auch für mich, inzwischen dreimal geschieden, sehr oft in relativ festen Beziehungen, genauso oft getrennt.

Ich möchte Ihnen gern von meinem letztjährigen Heiligen Abend berichten, der ziemlich genau 17 Stunden dauerte. Ich versuche mich dabei so kurz wie möglich zu fassen: Dieser Heilige Abend begann morgens um 9 Uhr 30. Stellen Sie sich das vor: Ein Heiliger Abend, der morgens um halb zehn beginnt!

Um 9 Uhr 30 bin ich zu einem Frühstück mit Pauline, einer meiner drei ehemaligen Schwiegermütter, der Mutter meines ersten Mannes Edgar, verabredet. Pauline ruft mich immer schon Mitte Juli an, um sich einen Termin am Vormittag des Heiligen Abends zu sichern. Für sie habe ich fünfzig Minuten veranschlagt. Eigentlich zu kurz, weil Pauline noch 15 Jahre nach der Scheidung von Edgar über die gemeinsamen gemütlichen, ja heilen Heiligen Abende spricht. Das dauert seine Zeit. Die Erinnerungen werden von Jahr zu Jahr schöner und länger. So gerate ich schon beim ersten Termin um fünf Minuten in Verzug. Endlich kommt es zum Austausch kleiner Geschenke - Aufmerksamkeiten!

Um 10.40 Uhr treffe ich bei Gerlinde, der ersten Frau von Edgar, meiner Vorgängerin, ein. Wir trinken wie jedes Jahr zusammen je einen Espresso und je ein Glas selbst hergestellten Eierlikör. Mit Gerlinde habe ich mich immer gut verstanden. Schon als sie noch mit Edgar verheiratet war. Auch dann noch als sie von Edgar geschieden und ich mit Edgar verheiratet war. Erst recht, als auch ich wieder von Edgar geschieden war. Und egal ob Gerlinde oder ich gerade mit Edgar verheiratet waren, es wurde immer gemeinsam gefeiert. Da waren dann auch Gerlinde und Edgars gemeinsame Töchter Heike und Birte dabei. Süße Kinder! Und natürlich auch oben erwähnte Pauline, unsere gemeinsame Schwiegermutter. Das hörte schlagartig auf, als Edgar die rassige Cordula aus Zürich heiratete und bereits nach fünf Monaten Vater von Zwillingen wurde. Süße Kinder! Ich hätte selbstverständlich auch da noch in der erweiterten Runde gemeinsam gefeiert. Der Einfachheit halber. Aber für Gerlinde und auch für Mutter bzw. Schwiegermutter Pauline kam das nicht mehr in Frage.

Ich bin genau 43 Minuten bei Gerlinde. Drei Minuten zu lang. Nach dem Austausch kleiner Geschenke - Aufmerksamkeiten! - kommt es zur Umarmung. Wir versprechen einander, uns nächstes Jahr öfter zu sehen. Gerlinde sagt noch: „Schau doch auch bei Birte und Heike vorbei! Sie hängen so an dir." Das hätte sie nicht zu sagen brauchen. Birte und Heike, die Töchter von Edgar und Gerlinde, meine Stieftöchter, inzwischen 23 bzw. 25, stehen selbstverständlich auf meiner Liste. Auf dem Weg zu Edgar klingle ich zuerst bei Birte, dann bei Heike. Für jede habe ich exakt 10 Minuten veranschlagt. Wir tauschen kleine Geschenke - Aufmerksamkeiten! - aus, küssen uns und sprechen davon, wie schön es war, als wir alle noch gemeinsam gefeiert haben.

Wenig später stehe ich vor Edgars Tür. Die rassige Cordula aus Zürich drückt mich an ihre große Brust. Cordula riecht bereits intensiv nach Glühwein mit entschieden zu viel Nelken drin. Edgar schmückt leicht torkelnd den Christbaum. Er trägt eine stattliche Wodka-Fahne vor sich her.

Die Zwillinge rasen um mich herum und schreien wie die Wahnsinnigen: „Aber Heidschibum-beidschi-bumbum!" Das klingt bedrohlich. Trotzdem sind es süße Kinder. Edgar sagt: „Ja, ja, wer hätte das gedacht." Ich weiß nicht, was er meint. Es kommt zum Austausch kleiner Geschenke: Aufmerksamkeiten! Wir sagen mehrmals abwechselnd: „Also: ein frohes Fest!". Die rassige Cordula aus Zürich drückt mich ein letztes Mal an die große Brust.

Es geht weiter zu meinem zweiten Ex-Mann Friedbert. Unser gemeinsamer Sohn Simon läuft mir mit seiner Halbschwester Hanna, die Friedbert aus erster Ehe mitgebracht hat, im Treppenhaus entgegen. Beides süße Kinder. Vor allem an Weihnachten. Simon ist seit Jahren am Heiligen Abend abwechselnd bei mir bzw. bei Friedbert. Dieses Jahr war wieder Friedbert an der Reihe. Ich habe Simon schon gestern Abend bei ihm abgeliefert. Zu einem genau ausgemachten Termin, damit mir Friedberts jetzige Frau Marion nicht über den Weg läuft. Marion mag mich nicht. Übrigens ich sie auch nicht. Marion ist deswegen jetzt auch nicht da. Simon sagt: „Schade, Mama, dass du heute Abend nicht dableibst. Warum eigentlich nicht?" Ich spiele mit ihm Karten. Friedbert sagt: „Marion müsste gleich zurückkommen." Simon sagt: „Ach, Mama, bleib doch noch ein bisschen!" Ich bleibe noch ein bisschen.

Das war schlecht. Denn als ich endlich gehe, begegnet mir Marion im Treppenhaus. Hochschwanger. „Na", frage ich, „was wird es denn?" Marion antwortet: „Selbst wenn ich es wüsste, würde ich es dir nicht sagen." Ich sage: „Fröhliche Weihnachten!" Marion sagt nichts. Friedbert ruft mir noch nach, dass Marion das nicht so meint und dass seine Eltern, meine Ex-Schwiegereltern, sich freuen würden, wenn ich auf einen kurzen Kaffee vorbeischauen würde. „Sie hängen noch so an dir." Alle hängen an mir. Vor allem am Heiligen Abend. Es ist auch kein großer Umweg. So trinke ich mit Friedberts Eltern eine gute Tasse Weihnachtsmischung und werde gezwungen, zwei steinharte Elisenlebkuchen zu verdrücken. Zum Abschied sagt meine zweite Ex-Schwiegermutter: „Ihr hättet es euch damals noch einmal überlegen sollen. Damals." Mein zweiter Ex-Schwiegervater sagt: „So ist das Leben nun mal. Hauptsache, du bist gesund." Ich sage: „Frohes Fest!"

Dann breche ich zu meiner Mutter auf, die am Stadtrand ein kleines Häuschen bewohnt. Unterwegs mache ich bei meinem dritten Mann Bernd, Station. Übrigens eine Reihenfolge, die sich bewährt hat: erster Mann, zweiter Mann, dritter Mann. So bringt man nichts durcheinander. Bernd ist allein. Seine neue Frau Astrid besucht gerade ihren Exfreund und dessen Mutter, um ihnen selbstgebackene Plätzchen vorbeizubringen. Sie hat ihre zwei Kinder dabei: Bettina hat sie von Bernd und Chris von ihrem Exfreund. Übrigens: Süße Kinder.

Ich sage zu Bernd, der gerade den Christbaum schmückt: „Du stehst ja immer noch auf diese mickrigen Nordlandtannen." Wir tauschen einige kleine Geschenke aus.

Aufmerksamkeiten. Ich kriege wie jedes Jahr von Astrid selbst eingemachte Marmelade und von Bernd ein Taschenbuch. Bernd ist freundlich, fast zärtlich, drückt mich und sagt: „Schade, dass es zwischen uns damals nicht geklappt hat." Er küsst mich gleich fünfmal. „Auch für Astrid und die Kinder." Ich sage: „Also, dann: Frohe Weihnachten!"

Es ist fünf Minuten nach drei, als ich vor dem Haus meiner Mutter einparke. Sie wohnt seit zwei Jahren mit ihrem Freund zusammen. Er ist aus dem Iran, 25 Jahre jünger und liebt deutsche Weihnacht über alles. Mutter sagt: „Er läuft schon seit vier Tagen mit dieser putzigen Nikolaus-Mütze herum." Ich denke: „Ein süßer Junge". Meine Mutter hat wie immer am Heiligen Abend zwischendurch ein paar Tränen in den Augen. Und wie immer am Heiligen Abend schimpft sie über meinen Vater, der an allem schuld gewesen sei. Dann sagt sie wie immer am Heiligen Abend, dass nichts mehr so sei, wie es in ihrer Kindheit gewesen sei - nämlich besser, auch wenn es an allem gefehlt habe. Im Hintergrund singt der iranische Freund „Leise rieselt der Schnee". Mutter schenkt mir wie jedes Jahr ein Nachthemd. Wie jedes Jahr zu groß. Ich sage: „Danke, Mama! Das ist ja wirklich mal etwas anderes!" Ich schenke beiden auch etwas. Aufmerksamkeiten. Sie sagt: „Das hätte es doch nicht gebraucht." Zwischen meinem Vater und dem Iraner war Mutter mit Oberst a. D. von Würzner verheiratet. Den besuche ich nie.

Auf dem Weg zurück in die Stadt, steuere ich auf das Reihenhaus meines Vaters zu, der seit der Scheidung von meiner Mutter je dreieinhalb Jahre mit Lisa, Anna und Renate verheiratet war.

Alle seine Exfrauen wohnen im gleichen Stadtviertel. Deswegen treffe ich mich seit Jahren immer vor meinem Vater mit seinen Ex-Frauen Anna und Renate im Café Sehnsucht. Anna und Renate leben inzwischen zusammen. Also so richtig. Sie erzählen im Café Sehnsucht seit Jahren abwechselnd immer dasselbe über meinen Vater: a) wie beschissen er war und b) wie toll, aber c) eigentlich auch nicht so toll, obwohl es d) eigentlich doch keine verlorene Zeit mit ihm war, wenn es auch letztlich e) zwischen zwei Frauen doch besser klappe. Also so richtig. Mir wäre es lieber, wenn ich seine drei Ex-Frauen - meine eigene Mutter nicht mitgerechnet - quasi in einem Aufwasch treffen könnte. Aber das geht nicht, weil sich Lisa nicht mit Vaters anderen Ex-Frauen versteht. Sie bekommt deswegen immer einen gesonderten, notgedrungen kurzen Termin nach dem Besuch bei meinem Vater. Lisa öffnet die Tür: erste innige Umarmung. Sie führt mich ins Wohnzimmer: zweite Umarmung. Sie fragt, wie es mir geht: dritte Umarmung. Sie sagt, dass es ihr nicht so gut geht: vierte Umarmung. Es folgt ein kurzes Gespräch über die Einsamkeit während der Feiertage: Umarmung. Wir tauschen Geschenke (Aufmerksamkeiten!) aus und verabschieden uns: besonders feste Umarmung. Eigentlich liegen wir uns die veranschlagten 15 Minuten durchgehend in den Armen.

Mein Vater ist jetzt schon fünf Jahre mit einer promovierten Biologin zusammen und hat mit ihr zwei Kinder. Süße Kinder. Für den Besuch bei meinem Vater (69), meiner vierten Stiefmutter (29) und meinen Geschwistern (4 und 2), habe ich 50 Minuten eingeplant. Es gelingt mir tatsächlich, mich nach 55 Minuten zu verabschieden.

Den Besuch bei Tante Gertrud, Tante Marianne und Onkel Alfred, alle mütterlicherseits, erspare ich Ihnen. Sie wohnen im selben Altersheim, sind sich aber alle spinnefeind. Deshalb muss ich sie getrennt umarmen und küssen. Ich mache das gern, aber es braucht doch seine Zeit. Kurz später stehe ich im Kirchenchor der Erlöserkirche und singe: „Jauchzet, frohlocket!" Peter, ein langjähriger, intensiver Lebensabschnittsbegleiter, mit dem ich aber Gott sei Dank nicht verheiratet war, singt beim Bass mit. Seine derzeitige Frau singt mit mir gemeinsam Alt. Nach dem Gottesdienst umarmen wir uns alle drei. Peter drückt mir eine CD mit altschlesischen Weihnachtsliedern in die Hand, bei denen er selbst mitgesungen hat.

Auf dem Weg zu Hans schaue ich bei meiner Schwester Gabi vorbei, die mit Torsten verheiratet war, der dann aber schwul geworden ist und inzwischen mit meinem Bruder Thomas zusammenlebt. Trotzdem feiern alle drei zusammen. Also auch so geht's. Wir küssen und umarmen uns.

Gegen zehn Uhr treffe ich auf ein Glas Wein bei dem eben erwähnten Hans ein, der sich passend zu Weihnachten von Franziska getrennt hat und mir sein Herz ausschütten will. Hans darf nicht wissen, dass ich gleich nachher mit Franziska verabredet bin, die mir auch ihr Herz ausschütten will.

Auf dem Weg nach Hause schaue ich, wie versprochen, noch einmal bei meinem Sohn Simon vorbei. Wieder gut getimt, weil Marion, die jetzige Frau meines ersten, nein zweiten Manns Bernd, verzeihen Sie: Friedbert, gerade in der Kirche ist. Aber ich breche wieder zu spät auf, und Gerlinde, nein: Marion begegnet mir wieder im

Treppenhaus. Immer noch hochschwanger. Aber - wahrscheinlich noch von der gerade gehörten Predigt fromm gestimmt - küsst sie mich jetzt und sagt: „Das habe ich mittags nicht so gemeint." Mein erster, nein zweiter Ex-Mann Edgar, nein: Friedbert, küsst mich auch und schreit mir ins Ohr: „Ich habe es dir doch gesagt, dass sie es nicht so gemeint hat." Mein Sohn Simon und seine Stiefschwester Birte, nein Hanna brüllen: „Was hat Marion nicht so gemeint?" Süße Kinder.

Auf der Heimfahrt vorbei, an einsamen Christbäumen ohne Familienanhang sinniere ich erschöpft und etwas sentimental darüber nach, was aus unseren guten deutschen Familien geworden ist, im Besonderen aus meiner: ein eigenes Kind, fünf Stiefkinder, drei Ex-Männer, nur eineinhalb Stiefväter, dafür vier Stiefmütter, Gott sei Dank noch eine richtige Mutter und den dazugehörigen Vater, sieben Geschwister, halbe und ganze, zwischen 2 und 57 Jahren, seit neuestem einen schwulen Schwager. Aber man sollte das nicht so eng sehen.

Gegen Mitternacht bin ich endlich zu Hause. Ich lege mich allein aufs Sofa und stelle fest, dass mir heute von 37 Personen über 200 Küsse abwechselnd auf linke, rechte Wange und Mund gedrückt worden sind. Und wenn ich alles zusammenfasse, muss ich heute ungefähr 50 Minuten umarmt worden sein. Das Telefon läutet: mein erster Ex-Mann Rüdiger - nein, einen Rüdiger hat es nie in meinem Leben gegeben: also Edgar! Genau - der mit der rassigen Marion, nein Cordula war das. Aus Zürich. Die mit den großen Brüsten. Ist ja auch egal. Jedenfalls Edgar ruft an und fragt, ob ich nicht auf einen Wodka rüberkommen wolle. Er lallt: „Ich will nicht, dass du an so einem Tag einsam herumlungerst." Ich denke an die 200 Küsse und sage unter hörbarem Gähnen: „Feiert noch schön!"

Und dann steht Ole vor der Tür. Ole! Er ist drei Jahre jünger als ich, Norweger, erst seit einem halben Jahr hier. Er hat keine Ex-Frauen, keine Kinder, keine Schwiegermütter, und seine Eltern wohnen bei Oslo. Nur Ole und ich! Wir kuscheln auf dem Sofa. Ole war gerade bei der Familie eines Arbeitskollegen. Ole sagt: „Das ist schon sehr schön: Weihnachten in einer Familie. Mit Kindern." Ole spricht sehr gut Deutsch. Ole sagt: „Und die Kinder haben so nett gesungen und ihre Augen haben geglänzt." Ole drückt mich an sich.

„Übrigens", sagt er zärtlich, „morgen kommen meine Mutter und mein Vater mit ihren neuen Lebensgefährten und deren Kindern nach München Sie haben es doch noch geschafft. Und dann feiern wir den Heiligen Abend noch einmal! Freust du dich?" Ole drückt mich noch einmal an sich.

Ich stehe auf, gehe in die Küche und schenke mir einen doppelten Wodka ein.

Festliche Speisekarte

Weihnachtliche Kulinarik gehört untrennbar zu dieser festlichen Zeit. Überall gibt's traditionell ein anderes Weihnachtsessen. Allein in Bayern gibt es 28 verschiedene, durchaus eigenwillige und gewöhnungsbedürftige Gerichte. Die folgende Speisekarte wird üblicherweise im liturgischen Wechselgesang und eher monoton litaneimäßig vorgetragen und von drei bis vier Zithern begleitet.

Gänsebrüste, Sauerbraten,
Putenschlegel, Sauerkraut
Karpfen, Würstel, Hasenrücken,
Rehgulasch und Kälberspieß,

gebeizte Lende, Entenbrust,
gefüllte Gans im Nierensaft,
Heiligabend Steinpilzsuppe,
Hasenmus mit sauren Zipfeln,

Kochklopsgraupen, Erbsenbrei,
Kutteln scharf auf Schokoeis.
Lüngerl roh mit Hustensaft,
in Sauerampfer eingelegt.

Leberkäs in Honigsoße,
Blutwurstsuppe kalt serviert,
Hammelhoden in Aspik
und Kalbsgekröse kleingehackt.

Schäufele vom Nachbarshund,
braun gegrillte Meeresschweinchen,
Onkel Theos Goldfischlinge,
Tantes Wellensittich G'röstel.

Schweinernes mit Kohlgemix
Nur der Muselmann kriegt nix,
weil der Arme ist kein Christ.
So ein Mist!

Gesegnete Mahlzeit!

Brunos Weihnachten

Schon lange war es Heidemarie Wolff klar, dass Bruno, den sie einst so geliebt hatte, aus ihrem Leben zu verschwinden hätte. Sie wusste auch schon ganz genau, wann das passieren sollte: in der Adventszeit und nur in der Adventszeit! Auch bezüglich der Methode, Bruno, den sie einst so geliebt hatte, aus ihrem Leben verschwinden zu lassen, gab es für Heidemarie Wolff keinen Zweifel. Sie würde ihn, den sie einst so geliebt hatte, vergiften.

Bloß hinsichtlich eines für Bruno geeigneten Gifts konnte sie sich nahezu jahrelang nicht zu einer befriedigenden Entscheidung durchringen.

Arsen auf alle Fälle war Heidemarie zu romantisch. Zyankali erschien ihr für Bruno, den sie einst so geliebt hatte, als zu phantasielos, und mit einem Pflanzenschutzmittel etwa wäre Bruno allzu gnädig davongekommen.

Es musste etwas zutiefst Niederträchtiges sein. So kam sie auf Rattengift. Die Vorstellung, dass Bruno vom Rattengift zuckend und röchelnd von ihr ginge, hatte etwas unglaublich Berauschendes für Heidemarie. Rattengift für die Ratte Bruno, den sie einst so geliebt hatte!

Aber wer Heidemarie Wolff kannte, wusste, dass sie sich nicht mit der ersten, sie einigermaßen überzeugenden, ja einleuchtenden Lösung zufriedengäbe. Denn vielleicht fände sich noch etwas Widerlicheres für ihren Bruno.

Und tatsächlich!

Beim Gang durch die weihnachtlich geschmückte Putz-mittelabteilung von Karstadt kam ihr - und es erschien Heidemarie noch viel später, als sei es ein Wink direkt von oben gewesen - die Erleuchtung: Toilettenreiniger!

Aber nicht irgendein Toilettenreiniger, nein, „ROHR-FREI!" musste es sein. Ja, „ROHRFREI!" in der knallig ro-ten Flasche! Heidemarie Wolffs Herz begann freudvoll und erregt zu klopfen. Sie würde ihren Bruno, den sie einst so geliebt hatte, mit einem Toilettenreiniger, mit „ROHRFREI!", mit einem Klosettreiniger, vergiften.

Sie würde ihn am Abend vor Heiligabend in seinen Cha-teauneuf-du-Pape träufeln, den er in langen, schlaflosen Winternächten einsam am Tisch sitzend zur trinken pflegte.

Ja, Klosettreiniger. Klosettreiniger für das Klosett Bruno, den sie einst so geliebt hatte, die Kloake Bruno, diesen Drecksкerl, der wie immer gierig seinen Chateauneuf-du-Pape - aber mit „ROHRFREI!" aus der knallig roten Flasche versetzt - in seinen Kloakenmund schütten würde. Und „ROHRFREI!" würde durch seinen Kloakenschlund in den Kloakenmagen Brunos gelangen, und dann würde der Rohrreiniger Brunos stinkende Kloaken-Kanalisation rei-nigen, und nach und nach würde „ROHRFREI!" ihm das jämmerliche Leben wegätzen, ihrem Bruno, den sie einst so geliebt hatte.

Was sagt man jetzt dazu?

Die ärmsten Weihnachten aller Zeiten

In einer ordentlichen Weihnachtsgeschichte sollten Elend, Armut, vielleicht sogar Hunger, mindestens jedoch Einsamkeit nicht fehlen. Mir fällt es schwer, so eine Geschichte zu schreiben. Ich verfüge zwar über ausreichend Phantasie, aber habe doch ein eher gespanntes Verhältnis zu weihnachtlichem Kitsch. Außerdem durfte ich auf Grund der Gnade einer späten Geburt arme Weihnachten leider nicht erleben. Im Gegenteil: Ich kann mir ehrlich gesagt nicht vorstellen, dass der Heilige Abend irgendwo anders hingebungsvoller, inniger und auch ausufernder gefeiert wurde als in unsere Familie. Ausufernd in vielen Beziehungen. Es gab vom Feinsten und reichlichst zu essen und zu trinken. Auch der Gabentisch war üppig gedeckt. Keine Spur von Entbehrung, die zu einem richtigen Heiligen Abend zu gehören scheint. Kein Verzicht, der Weihnachten eigentlich erst zu Weihnachten macht.

So hätten wir eigentlich wunderbare Weihnachten feiern können, wenn wir nicht den lieben Heiligen Abend lang darauf hingewiesen worden wären, dass all diese weihnachtlichen Getränke und Speisen, dazu diese maßlose Schenkerei, nicht immer selbstverständlich gewesen seien, o nein, dass es sehr wohl einmal eine andere Zeit gegeben habe, eine ganz andere Zeit sogar, ja, die schlechte Zeit nämlich! Und diese schlechte Zeit warf jedes Weihnachten ihre dunklen, hungrigen Schatten in unsere satten Heiligen Abende hinein. Auch wenn diese schlechte Zeit inzwischen schon viele Jahrzehnte zurücklag - diese Kriegs- und Nachkriegsjahre und ab und zu auch schon die Vorkriegsjahre verschafften sich erbarmungslos Platz.

Onkel Edwin mütterlicherseits und Tante Luise väterlicherseits gehört das Verdienst, uns bis vor wenigen Jahren jeden Heiligen Abend dramatisch und drastisch an diese schlechte Zeit zu erinnern. Sie entwickelten sich zu wahren Meistern in der Schilderung ihres dereinstigen weihnachtlichen Elends. Und jedem war es noch schlechter ergangen. Die Erzählungen wurden von Jahr zu Jahr abenteuerlicher. Als die beiden kurz hinter einander starben, fehlten uns fortan diese Wettkämpfe ums ärmste Weihnachten aller Zeiten sehr. Unsere Heiligen Abend wurden langweiliger, geradezu öde.

„Doch, doch", pflegte Onkel Edwin zu beginnen, natürlich erst nachdem er sich den Bauch so gründlich gefüllt hatte, als müsse er immer noch die hungrigen Weihnachten nachholen, und auch der Wein reichlich durch seinen Schlund geflossen war. Früher hatte es ja bei ihnen zu Hause nur gezuckertes Wasser zu Weihnachten gegeben! „Doch, doch", sagte er, „auch damals wurde bei uns Weihnachten gefeiert. Trotz der Zeiten." – „Nicht wie heute. Aber trotzdem sehr schön", ergänzte Tante Luise. – „Ja, sehr schön sogar. Aber eben auch sehr anders, Luise. Trotzdem erinnere ich mich sehr gern", sagte Onkel Edwin, „obwohl es sehr schlechte Zeiten waren damals. Wie gesagt. Vor allem bei uns." – „Ich könnte mir vorstellen, dass es bei uns doch noch um einiges schlechter zugegangen ist als bei euch, lieber Edwin. Aber wir waren ja so bescheiden." – „Ja", fügte Onkel Edwin hinzu, „und zufrieden! Unglaublich zufrieden. Kann ich noch einen Obstler haben?"

Darauf Tante Luise: „Wir haben uns noch über alles gefreut. Übers karge Weihnachtsessen, und wenn's noch so armselig war. Hauptsache, es war warm." – Onkel Edwin erhob ernst die Stimme: „Das war keine Selbstverständlichkeit damals: warmes Essen! Ja, wisst ihr denn überhaupt noch, was das heißt? Arm!"

„Da hättet ihr einmal mit uns Weihnachten feiern müssen!" warf Tante Luise ein. - „Oder mit uns!" unterbrach sie Onkel Edwin. Noch milde. - „Sag das nicht, mein guter Freund! Oder habt ihr etwa nur Bratkartoffeln mit Speck am Heiligen Abend auf den Tisch gestellt bekommen?"

„Bratkartoffeln!" rief Onkel Edwin, „wir wären glücklich gewesen, wenn es Bratkartoffeln gegeben hätte! Unsere Mutter musste uns notdürftig ein Süppchen aus Erbsen kochen, Erbsen dritter Lese natürlich. Die hat sie immer der Pfarrersköchin abgebettelt. Auf den Knien! Auf ihren armen, abgearbeiteten Knien! Einmal im Jahr sollten wir Kinder ein kräftiges Süppchen aus echten Erbsen, wenn auch nur kümmerlichen Brucherbsen, bekommen. Könnt ihr euch überhaupt vorstellen, wie glücklich wir waren? 'Mutter', haben wir schon acht Wochen vorher gerufen, 'bekommen wir wieder zu Heiligabend so feines Erbsensüppchen? Mit einer echten Zwiebel drin?'"

„Was", schrie jetzt Tante Luise, „eine Zwiebel? Eine richtige Zwiebel habt ihr gehab?" - „Ja", schrie Onkel Edwin zurück, „weil es für Bratkartoffeln mit Speck nicht gereicht hat!"

„Aber euere Erbsen waren wenigstens gut! Unsere armseligen Kartoffeln waren immer schon halb verfault, als sie Mutter jedes Jahr von Frau Dr. Reimers vom

Herrenhaus geschenkt bekommen hat. Trotzdem haben wir Gott und der Frau Dr. Reimers gedankt. Auch wenn wir den widerlichen Geschmack nur ertragen konnten, wenn viel Salz drin war."

„Salz! Hab' ich gerade Salz gehört, Luise?" stöhnte Onkel Edwin auf, „Salz gab es nur ein einziges Mal in meiner Jugend. An Großmutters 80.Geburtstag." – „Blödsinn!" fuhr mein Bruder Rainer dazwischen, „Salz hat es immer gegeben." – „Du musst es ja wissen! Ausgerechnet du! Du sattes Wirtschaftswunderkind!"

„Na ja", führte Tante Luise fast verlegen aus, „das war ja auch eigentlich kein Speck. Das waren mehr Maden als Speck."

„Egal. Fleisch ist Fleisch!" Onkel Edwin war unerbittlich.

„Mutter hat ihn aus dem Futternapf von Dr. Reimers Schäferhund geklaut. Unter Lebensgefahr! Nur für uns Kinder!"

Onkel Edwin war empört. „Ach, hör mir auf! Dafür war es bei uns kalt. Eiskalt. Weil keine Kohlen gekauft werden konnten. Weil Vater keine Arbeit hatte. Weil Vater nur mit einem Bein aus dem Krieg zurückgekommen ist."

Schon längst hatten wir auf die Kriegsberichte der beiden gewartet. Da wurde es immer besonders gruselig.

Tante Luise sagte: „Da hat er ja noch Glück gehabt, dein Vater. Mein Vater hat das rechte Bein und den linken Arm bis zum Ellenbogen hinauf in Russland lassen müssen". Sie stritten jetzt tatsächlich darum, welcher Vater mit weniger Gliedmaßen aus dem Krieg heimgekehrt war.

„Aber er konnte wenigstens noch hören und richtig riechen, dein Vater", legte Onkel Edwin nach. „meinem Vater haben feige russische Partisanen aus dem Hinterhalt beide Ohren und ein Drittel seiner markanten Nase abgeschossen." Onkel Edwin bekam feuchte Augen. „Seither hat er nie mehr richtig gehört. Nie mehr richtig gerochen. Immer am Heiligen Abend hat er uns Kinder traurig gefragt, ob denn das Erbsensüppchen, das feine, immer noch so gut riecht wie vor dem Krieg."

Tante Luise gab sich nicht geschlagen: „Aber er konnte wenigstens noch sprechen, Edwin! Mein Vater hat bei Stalingrad seinen gesamten Kehlkopf verloren. Ja, das ist schwer für jemanden, der so gern Weihnachtslieder gesungen hat. Und meine Mutter musste damals mit Dr. Reimers vom Herrenhaus ein Verhältnis anfangen, damit er meinem Vater den bösen Wundbrand behandelt hat."

„Aber das ist jetzt neu", unterbrach sie unsere Mutter. - „Aber genauso war es! Jeder im Dorf wusste es. Aber Vater hat gesagt: 'Jeder muss seine Opfer bringen.'"

„Und das alles hat er ohne Kehlkopf gesagt?" fragte Onkel Edwin misstrauisch nach. Tante Luise war empört.

„Ja, hätte er schweigen sollen! Unsere Familie hat zusammengehalten. Trotz der eisigen Zeiten."

Jetzt war wieder Onkel Edwin an der Reihe. „Was haben wir damals gefroren! Damals hat es meinem Vater auch beide Ohren abgefroren", sagte er.

Das verstand ich nicht und fragte nach: „Aber er hatte doch gar keine mehr, Onkel Edwin."

„Trotzdem!" schrie Onkel Edwin, „und übrigens: wenn wir unser Erbsensüppchen nicht schnell genug gegessen haben, hat sich eine dünne Eisschicht in unseren Suppentellern gebildet. In unseren Wintermänteln sind wir dagesessen. - Kann ich noch einen Obstler haben?"

„Ihr Glücklichen!" brüllte Tante Luise, „wir hatten nur einen einzigen Wintermantel. Einen Wintermantel für zwei Erwachsene und drei vor Kälte bibbernden Kinder. Den haben wir abwechselnd angezogen. Vater durfte ihn wegen seines Wundbrands länger anhaben. Trotzdem: was haben wir uns gefreut, weil wir an Weihnachten wieder einen richtigen Bauklotz geschenkt bekommen hatten!"

„Ich habe immer nur mickrige Tannenzapfen geschenkt bekommen. Mit denen spielte ich Soldaten."

„Aber du musstest dir die Tannenzapfen-Soldaten wenigstens nicht mit deinen Geschwistern teilen. Bei uns gab es einen kleinen Bauklotz für vier Kinder."

„Vorhin waren es noch drei", warf Onkel Edwin ein.

„Ach, ob drei oder vier! Wir waren glücklich. Mit leuchtenden Augen sind wir um den kleinen Bauklotz herumgesprungen und haben gerufen: 'Ein Bauklotz, ein Bauklotz, ein richtiger Bauklotz! Ach, was ist das für ein schöner Tag!' Und draußen pfiff der eiskalte russische Wind."

„Ja, ja, diese Kriegsweihnachten kurz vor der russischen Grenze. Ich erinnere mich noch sehr genau an dieses fürchterliche Granatenfeuer. Und dann immer die spitzen Granatensplitter in unserer Erbsensuppe!"

„War es der erste oder schon der zweite Weltkrieg, von dem du sprichst? Oder noch früher?" Tante Luise wurde immer böser.

„Ach, Krieg ist Krieg." Onkel Edwin näherte sich allmählich dem intensivsten Augenblick seiner weihnachtlichen Erinnerungen und stärkte sich noch einmal mit einem Glas Obstler. Dann wurde seine Stimme sehr leise und unheimlich traurig: „Einmal hörten wir ein leises Wimmern vor der Tür. Wir öffneten. Und da lag ein Baby! Ein richtiges Baby! Es weinte. Jemand hatte es ausgesetzt, weil wahrscheinlich kein Platz in der Herberge war. Kann ich noch einen Obstler haben?"

„Was war es denn?" fragte Tante Luise hinterhältig. „Ein Junge," sagte Onkel Edwin, „ein Junge." - „Bei uns war es ein Mädchen." Tante Luise gönnte ihm keinen Trumpf. „Aber mein Vater hat gesagt, wo sechs Kinder satt werden" – Jetzt waren es bereits sechs Kinder – „reicht es auch für sieben. Dann muss halt Mutter noch öfter zu Dr. Reimers gehen."

An dieser Stelle unterbrach meine Mutter fast unwirsch den Wettkampf um das ärmste Weihnachten: „Es reicht, Luise." - Tante Luise sagte: „Gut, das mit dem Findelkind ist ein wenig übertrieben. Aber, wisst ihr, damals sind Kinder zuhauf ausgesetzt worden."

„Und dann sind wir in die Christmette gegangen", erzählte Onkel Edwin weiter, „durch den dreieinhalb Meter tiefen Schnee hindurch. Nichts konnte uns abhalten! Weder russische Granaten noch feige Partisanen!"

„Vater ohne Beine, Mutter mit Dr. Reimers, wir acht Kinder hinterher", fügte Tante Luise hinzu. „Acht Kinder?" fragte mein Bruder nach, „das ging ja damals schnell."

„Unterwegs hat dann doch die Ehrlichkeit gesiegt," erzählte Onkel Edwin mit düsterer Stimme, „und wir haben das Kind, das uns ja gar nicht gehört hat, wieder irgendwo abgelegt."

„Aber, Onkel Edwin!" riefen wir immer an dieser Stelle entrüstet. – „Ach, was wisst denn ihr? Es waren schlimme Zeiten."

„Woher sollten sie es auch wissen?" sagte Tante Luise, „sie haben doch alles. Aber wir, wir haben vor der Kirche unsere verfaulten Bratkartoffeln mit dem madigen Speck an die noch Ärmeren verteilt."

Mein Bruder flüsterte mir ins Ohr: „Sollten die sich doch den Magen verderben!'"

Unterm Christbaum auf Schloss Wildenbruch.
Aus: Der Untergang der Wildenbruchs

Der junge Graf Georg von Wildenbruch neigte sich unterm Christbaum zärtlich zu Liz. Er rang nach Worten. Und plötzlich brach es aus ihm heraus.

„Du!" sagte er. „Du!"

„Ich?" Liz war einigermaßen verwirrt.

„Ja, du!" wiederholte Georg.

'Du' war nicht viel. Aber der junge Graf fügte noch ein bezauberndes, nein, verwirrendes, fragendes „Ja?" hinzu. Einfach: „Ja?"

Und dieses 'Ja?' traf Liz dann mitten ins aufgewühlte Herz. Denn welche sanfte Zärtlichkeit und welche innige Sehnsucht lagen in diesem ‚Ja?'.

Georg von Wildenbruch hatte ihr unschuldig seine ganze, volle Liebe gestanden. Und das unterm schönsten aller Christbäume des bayerischen Oberlands.

Und sie entschlossen sich an diesem Heiligen Abend für immer und ewig zusammenzubleiben. Sie hatten sich noch so viel zu sagen.

Schweinebraten, Weihnacht!

Ach, Gott, Weihnachten!

Aber schauen Sie: Schweinebraten. Gut.

Große Portion. Schweinebraten.

Glänzt. Dunkle Soße.

Schauen Sie, dunkle Soße!

Gut. Sehr gut sogar.

Das ist Weihnacht.

Für mich.

Sehr große Portion

In dunkler Soße.

Dazu Bier. Auch dunkel. Weihnachtsbock.

Und Knödel.

Nicht groß. Leider. Klein. Eher.

Geschmacklich in Ordnung. Schon.

Aber klein.

Mit Petersilie drauf.

Grün auf die kleinen Knödel.

Dafür sehr dunkle Soße.

Schauen Sie, dunkle Soße!

Aber Knödel. Schauen Sie! Die Knödel.

Einfach zu klein für Weihnachten.

Aber der Schweinebraten - kann man nix sagen.

Über den Weihnachtsbock auch nix.

Verstehen Sie: Weihnachten!

Schauen Sie! Kruste! Schöne Kruste.

Braun. Glänzt. Sehr krustig.

Krustenbraten. Ofenfrisch.

Gute Portion! Eben Weihnachten.

Aber halt die Knödel.

Ah, Salat! Viel Öl. Wenig Salz.

Salz, bitte!

Schweinebraten, dunkle Soße, dunkles Bier.

Weihnachten.

Das wollt' ich nur einmal gesagt haben.

Danke.

Und jetzt das Salz!

Bitte.

Wintersterben

Die weihnachtlichen Freuden, denen sich unsere Familie stets mit großer Leidenschaft hingab, wurden leider immer wieder von tiefer Trauer jäh überschattet: Der Tod hatte die pietätlose Angewohnheit, unsere Familie mit Vorliebe so ziemlich genau zwischen dem vierten Advent und Dreikönig heimzusuchen. Der Tod meines Großvaters mütterlicherseits war der erste Todesfall in diesem Zeitraum, an den ich mich sehr anschaulich erinnern kann. Ich war sieben Jahre alt. Die ganze Verwandtschaft war am zweiten Weihnachtsfeiertag bei den Großeltern mütterlicherseits zu einem großen, gemeinsamen Weihnachtsmahl zusammengekommen, in dessen Mittelpunkt wie jedes Jahr Großmutters berühmte Gans nach Weissensberger Art stand. Aber dieser prächtige Braten war nur das Vorspiel zu den eigentlichen Höhepunkten des Weihnachtsmahls, den Nachspeisen. Es war nämlich in unsere Familie üblich, an diesen Feiertagen nicht nur ein, sondern gleich drei sehr ausgiebige Desserts nacheinander zu servieren. Und so geschah es, dass Großvater zwischen dem zweiten und dritten Dessert von uns ging. Es wäre ein friedliches, stilles Sterben gewesen, wenn ihm dabei nicht der silberne Löffel laut scheppernd in die halbgeleerte Dessertschale gefallen wäre. Onkel Fritz wollte als einziger die letzten Worte von Großvater vernommen haben: „Einmal reicht es."

Sobald Großvaters mächtiger Leib ins Schlafzimmer gebracht worden war, lösten seine letzten Worte - geschwätzig wie unsere Familie seit jeher war, Trauer hin, Trauer her - eine sofortige und lebhafte Debatte darüber aus, was er wohl gemeint haben könnte. Kommentierte er das Leben an sich oder nur Großmutters reichhaltige weihnachtliche Süßspeisen? Man entschied sich mehrheitlich für Großvaters gewichtige Aussage das menschliche Leben als Ganzes betreffend, und so war auch bereits die Inschrift für seinen Grabstein gefunden: „Einmal reicht es."

Großvater wurde noch vor Silvester im großen Familiengrab beigesetzt, in dem auch mein Vater vier Jahre zuvor beerdigt worden war. An seinen Tod konnte ich mich nicht erinnern. Aber bei Großvaters Beerdigung fiel mir das Sterbedatum meines Vaters ins Auge. Er war an einem 27.Dezember von uns gegangen. „Völlig unerwartet," erzählte mir meine Mutter und wischte sich eine Träne aus dem rechten Auge, „er hat noch mit großem Genuss die Reste meiner geschmorten Rehkeule mit Morchelspätzle nach Tante Cillys Art vom ersten Weihnachtsfeiertag aufgegessen, ist in den Keller gegangen, um sich noch eine Flasche Meersburger Weißherbst zu holen, und ist nicht mehr heraufgekommen. Dabei hat er so gern gelebt, so gern gegessen und getrunken."

Übrigens überlebte Onkel Fritz, der mit Mutters Schwester Klara verheiratet war, den Großvater nicht sehr lange. Er starb drei Jahre später am vierten Advent nach einem gemütlichen Abend mit weihnachtlicher Hausmusik, Bratäpfeln und selbstgebackenen Weihnachtsplätzchen, auf die er sich immer das ganze Jahr über freute und von denen er nach Meinung seiner Frau nie genug kriegen konnte.

Natürlich bemerkt es auch ein Kind mit der Zeit, dass die familiären Todesfälle immer in denselben Zeitraum fielen.

Als ich meine Mutter fragte, warum bei uns immer in der Weihnachtszeit gestorben würde, wischte sie sich eine Träne aus dem rechten Auge: „Der Tod fragt nicht nach Weihnachten, mein Junge, der kommt, wann er will und wenn man noch so fröhlich Weihnachten feiert, wenn man es sich noch so gut gehen lässt und einem die Weihnachtsplätzchen noch so schmecken!"

Gerade für die weihnachtlichen Süßigkeiten ist unsere Familie berühmt in ganz Weissensberg. Ich bin sicher, dass nirgendwo schon so früh mit dem Backen begonnen wird und dass in keiner Familie derartige Mengen unterschiedlichster Plätzchensorten produziert werden. Diesbezüglich war ich allerdings das schwarze Schaf in meiner Familie. Ich aß schon als Kind lieber Essig- und Salzgurken als dieses süße, klebrige Zeug. Sehr zum Leidwesen meiner Mutter übrigens, die mich am liebsten nur so vollgestopft hätte mit ihrem Weihnachtsgebäck.

Als ich 12 war, starb mein Lieblingsonkel Jakob, der Mann der jüngsten Schwester meiner Mutter. Es war der Tag vor Silvester. Zwei Jahre später standen wir am Tag nach Neujahr an Onkel Jakobs offenem Grab. Ein kleiner Christbaum, an dem nach Weissensberger Brauch weißglacierte Pfeffernüsse hingen, brannte. Tante Rose sagte mit sanfter, trauriger Stimme: „Das war halt alles doch zu viel für meinen Jakob." Dann wischte sie sich eine Träne aus dem rechten Auge und drückte ihre beiden Töchter Heidi und Rotraut an sich. Heidi war schon 23 und frisch verheiratet mit dem Weissenberger Eisenwarenhändler Kinkel, der leider auch nicht alt werden sollte. Er starb, als er sich mit Heidi am Heiligen Abend auf den Weg zur Christmette machte. Seine Beerdigung fand erst zwei Wochen später statt, weil die Erde zu tiefgefroren war, um für den Sarg aufgeschüttet zu werden. Als es dann wieder genügend getaut hatte, flüsterte Heidi an seinem Grab: „Jetzt kommt er doch noch unter die Erde, mein Kinkel." Ihre Mutter, meine Tante Rose, fügte leise hinzu: „Ja, ja, unsere Männer." Dabei wischten sich Mutter wie Tochter jeweils eine Träne aus dem jeweils rechten Auge, und Tante Rose schaute mir dabei tief in die Augen und lächelte mich sanft an: „Aber du lässt dir schon noch ein bisschen Zeit, Bub, gell."

Die Oma mütterlicherseits, die übrigens inzwischen 93 und geistig und körperlich immer noch sehr rüstig ist, streichelte damals an Kinkels Grab meine Hand: „Ja, ja, unsere armen Männer sind halt nicht stark genug für das Leben. Auch dein armer Vater war es nicht." - „Aber, Großmutter, deswegen müssen sie ja nicht alle an Weihnachten sterben," hakte ich nach, „warum nicht im Frühling oder im Frühsommer oder übers ganze Jahr verteilt wie bei anderen auch?"

„Ach, weißt du," fuhr meine Großmutter fort und wischte eine Träne aus ihrem rechten Auge, „um diese Zeit herum sterben unsere Männer besonders gern, wenn's draußen kalt wird und die Nächte so lang sind. Sie sterben und lassen uns allein zurück, wo wir doch alles für sie gemacht haben. Gerade an Weihnachten, damit es ihnen gutgeht und sie sich wohl fühlen."

Beim Leichenschmaus gab es die von Weihnachten übriggebliebenen Plätzchen, vor allem auch Kinkels Lieblingsplätzchen. Sie waren aus Nussteig mit Ananassaft und eine Kreation meiner Großmutter, die sie nach den berühmten Tränen der Frauen meiner Verwandtschaft mütterlicherseits 'Weihnachtstränen' nannte. Trotz der Trauer um Kinkel schmeckten diese köstlichen Weihnachtstränen allen sehr gut. Vor allem auch dem zweiten Mann einer Cousine mütterlicherseits. Ihn traf ich übrigens vorgestern auf dem Weissenberger Weihnachtsmarkt, als ihm seine Frau gerade eine Portion Schlesisches Weihnachtsgeschnetzeltes mit Sauerkraut und ein Glas Glühwein brachte. „Na, wir sehen uns ja in drei Tagen bei Großmutters Weihnachtsgans," verabschiedeten wir uns. Wir sahen uns selbstverständlich nicht. Er starb am Tag vor dem Heiligen Abend kurz nach dem Abendessen. „Wenigstens nicht hungrig," wie meine Großmutter in ihrer empfindsamen Art und mit einer Träne im rechten Auge anmerkte.

Weihnachtliche Nachrichten

In der Süddeutschen Zeitung vom 28./29.12.1996 stand folgende Nachricht von der gnadenlos weihnachtlichen Beziehungsfront.

Verzweiflungstat zur „Stillen Nacht"

Ostzaan. Aus Verzweiflung darüber, dass ihr Mann ohne Unterbrechung stundenlang „Stille Nacht, heilige Nacht" sang, hat eine 55 Jahre alte Frau zum Messer gegriffen und auf den Dauersänger eingestochen. Wie die niederländische Polizei am Freitag mitteilte, wurde der - inzwischen natürlich verstummte - Mann mit Verletzungen ins Krankenhaus von Ostzaan bei Amsterdam gebracht.

Ja, wahrlich wunderliche Dinge geschehen um Weihnachten und seinen rauhen Nächten herum! Eine erwartungsvolle, eine unruhige Zeit, die die Menschen und ihre Beziehungen ganz schön durcheinanderwirbelt! Aus der Münchner Abendzeitung vom 2.Januar 1997:

Irrtum nach feuchtfröhlicher Weihnachtsfeier

München. Ein 31-jähriger Feinmechaniker aus Giesing kroch nach einer Weihnachtsfeier seines Betriebs im Vollrausch versehentlich zu seiner Wohnungsnachbarin ins Bett. Er hat sich nackt ausgezogen, seine vermeintliche Frau heftig gestreichelt und dann mit ihr geschlafen. Die Frau ließ ihn gewähren, weil sie dachte, es sei ihr Verlobter. Erst nach dem dritten Sexakt begann sich die Frau zu wundern, bemerkte den Irrtum und warf den Mann schreiend aus dem Bett.

Vielen vergeht die Adventszeit zu schnell, für viele könnte sie schneller vorbei sein. Das längste Weihnachten der vergangenen Jahre feierte ein Hamburger. Sein Weihnachtsfest dauerte ganze fünf Jahre.

Aus der Süddeutschen Zeitung vom 19.November 1998

Hamburg (dpa). Fünf Jahre lang lag die Leiche eines 48-jährigen Mannes in einer Mietswohnung im Hamburger Stadtteil Barmbek. Fünf Jahre lang leuchteten jeden Abend im Fenster die Lichter eines Weihnachtsbaumes aus Plastik, doch niemandem fiel etwas auf. Erst jetzt brach man die Wohnungstür auf und fand die skelettierten Überreste des 48jährigen.

Im Sommer 2002, einer gänzlich unweihnachtlichen Zeit, erschien in der BILDZEITUNG eine beeindruckende Serie unter dem Titel **„Gefallene Herzen"**. Eine Passage daraus ist mir besonders zu Herzen gegangen. Ich möchte sie Ihnen nicht vorenthalten.

Mitten im größten weihnachtlichen Einkaufschaos stürzte sich Doris S., 37, aus Liebeskummer, weil sich ihr Verlobter Harald R., 33, von ihr getrennt hatte, vom 5.Stock eines Kaufhauses in der Münchner Innenstadt.

Doris S. fiel dabei auf ihren ehemaligen Verlobten, der zufälligerweise unten vorbeiging. Der Mann war auf der Stelle tot. Die Selbstmörderin kam mit dem Schrecken davon und lebt jetzt glücklich mit der Freundin ihres Ex-Verlobten zusammen.

Wahrhaft, eine unheimliche Zeit, diese Weihnachtszeit!

Deswegen zum Schluss noch eine fromme, versöhnliche Meldung aus der Süddeutschen Zeitung vom 23. Dezember 1996:

Das Windelwunder von Perugia

Rom (AFP). *„Und sie fanden das Kind in Windeln gewickelt und in einer Krippe liegend", heißt es in der Weihnachtsgeschichte. Knapp 2000 Jahre später wurden die im Jahre 1175 für authentisch erklärten Windeln des Gottessohnes im Dom von Spoleto in der Provinz Perugia wiederentdeckt. Die „Heiligen Windeln" seien im Dom aufbewahrt und dann vergessen worden, hieß es. Das 20 mal 25 Zentimeter große Tuch besteht aus Flachsfasern, wie sie angeblich zur Zeit Jesu verwendet wurden. Die Windel wird in einem Silberschrein aufbewahrt. An Heiligabend wird die Reliquie während der Mitternachtsmesse ausgestellt.*

In der Bevölkerung von Spoleto ist der Glaube verbreitet, dass die Windel einmal im Jahr nass ist. Eben an Heiligabend. Ein weiteres Wunder.

Der vierte Advent in Sankt Karolinus

Darauf hatte Tante Hildegard jahrelang gewartet. Und dann war letzte Woche endlich die heiß ersehnte Entscheidung gefallen: Meine Tante Hildegard sollte am Spätnachmittag des ierten Advent im Krippenspiel des Altenheims Sankt Karolinus die Rolle der Maria spielen dürfen. Sie rief mich sofort an: „Junge, ich und die Maria! Na, was sagst du jetzt? Wie werde ich als Maria sein?" – „Du wirst ganz wunderbar sein, Tante Hildegard, sicher mit die beste Maria, die es je in Sankt Karolinus gegeben hat." – „Du weißt ja selbst, Junge, die Rolle der Mutter Gottes ist nicht irgendeine Rolle." – „Tante Hildegard, es ist die Rolle!" – „Na ja, neben dem Christkind natürlich, " schränkte Tante Hildegard ein. – „Ja, das Christkind ist schon auch wichtig," stimmte ich zu. Man musste Tante Hildegard immer zustimmen. Das verkürzte die Telefongespräche mit ihr um sicherlich 30 Prozent. – „Auch wenn das letzte Christkind eine Fehlbesetzung war. Man sollte diese Rolle nicht gerade mit einer Dame besetzen, die dermaßen zur Inkontinenz neigt. Aber man darf über Tote ja nichts Böses sagen." Das Christkind vom letzten Jahr, Frau Meishoff, war knapp vier Wochen nach Weihnachten gestorben.

Sie haben es sicher schon bemerkt. Tante Hildegard weiht mich auch in die intimsten Details ein, die in irgendeinem Zusammenhang mit dem Krippenspiel von Sankt Karolinus stehen. Und das seit Jahren. Vor allem über die menschlichen Probleme, die Empfindlichkeiten, ja Intrigen während der Probenzeit setzt sie mich unbarmherzig in Kenntnis. Sie selbst hat auch schon die verschiedensten Rollen gespielt. Letztes Jahr hat sie zum Beispiel den Hirten Pankraz hinreißend auf die Bühne gebracht. Und jetzt die Maria!

Natürlich wurde diese Entscheidung von den anderen Altersheimbewohnern nicht nur freudig aufgenommen. Es gab neidische, sogar gehässige Kommentare. Die einen sagten, dass Tante Hildegards leichtes Schwäbeln und Näseln nicht so gut zu einer Maria passten, andere meinten, dass diese Rolle nicht unbedingt mit einer 92-Jährigen besetzt werden sollte. Eine gewisse Restjugendlichkeit würde einer Maria nicht schlecht anstehen. Auch hätte es genug jüngere Alternativen gegeben. Zum Beispiel Gerda Hirmer, die gerade mal 78 sei und erst im Sommer bei einem Tangokurs für Senioren den zweiten Preis bekommen habe. Auch Marie Ösel wäre immer noch besser gewesen. Sie war zwar auch schon 80, aber sah höchstens wie 77 aus. Auf jeden Fall sei der vorgesehene Joseph entschieden zu jung für diese Maria: Jakob Fischer war nämlich ganze 12 Jahre jünger als Hildegard. Ich bitte Sie! Eine 92-jährige Maria und ein 80-jähriger Joseph! Das erschien vielen Heimbewohnern doch sehr gewagt.

„Sagt mal, wo lebt ihr eigentlich?" hatte sich Tante Hildegard verteidigt, „Schaut euch doch einmal draußen um, wie viele Frauen inzwischen einen um einiges jüngeren Partner haben!" – „Draußen ist auch nicht Bethlehem", entgegnete spitz Berta Brunner, die sich selbst große Chancen für die diesjährige Maria ausgerechnet hatte. „Aber", flüsterte sie Olaf Döderlein ins Ohr, „vielleicht hat sie ja auch im richtigen Leben etwas mit ihrem jungen Joseph. Manche können ja nie damit aufhören." - „Ja, und wenn?" meinte sanft Herr Olaf Döderlein und streichelte

Berta weich über den rechten Arm. Vielleicht eine Idee zu weich. Vielleicht sogar zärtlich. Und Frau Brunner entzog ihm den Arm nicht. So sittenstreng war sie dann auch wieder nicht. Bei Herrn Olaf.

Olaf Döderlein spielte seit zehn Jahren zusammen mit seinem Zwillingsbruder Jan Döderlein, Lore Nussroth und Rosa Pöllinger im Blockflötenquartett, das unter der Leitung von Fräulein Fritzi, einer ehemaligen Musiklehrerin, das Krippenspiel musikalisch umrahmte. Fräulein Fritzi hatte höchstpersönlich sowohl die Ouvertüre als auch das Finale und dazu noch einige andere Musikstücke komponiert, die den Auftritt der Engel, der Hirten und vor allem der drei Heiligen Könige wirkungsvoll unterstützten. Eigentlich für großes Sinfonieorchester. Aber welchem Altersheim stünden schon so viele Geigen, Trompeten und Klarinetten zur Verfügung, meinte sie eine Spur hochmütig? So hätte sie eben alles für vier Blockflöten arrangieren müssen. Eigentlich doch sehr läppische Instrumente für die Geburt des Herrn.

Sie selbst hätte durchaus mit ihrem immer noch vorzüglichen Klavierspiel diesen etwas geringen Klangkörper auffüllen können. Aber Fräulein Fritzi wollte dirigieren. „Ja, was glauben Sie, wohin die Flöten der alten Leute sonst ausrutschen könnten? Nein, nein! Das wollen wir dann doch nicht." begründete sie, die im August auch schon 84 geworden war, ihren künstlerischen Entschluss. „Ab einem gewissen Alter benötigen die Menschen mehr denn je einen strengen Dirigentenstock, der ihnen deutlich zeigt, wo's lang geht. Zumindest musikalisch." Dem Flötisten Jan Döderlein würde Fräulein Fritzi heuer allerdings nicht mehr zeigen können, wo's lang geht. Er war im letzten März bei Probenbeginn an einer Lungenentzündung gestorben.

Sie haben richtig gehört, die Proben zum Krippenspiel beginnen in Sankt Karolinus jedes Jahr bereits im März. Eine zehnmonatige Probenzeit erscheint allen Beteiligten aus diversen Gründen als unbedingt notwendig, ja gerade noch ausreichend, da sich etliche Mitspieler nur noch mühsam ihre Texte einprägen können und immer wieder ganze Passagen vergessen.

Vor allem Rose Schreibers Gedächtnis wurde immer schlechter. Sie spielte aber schon seit etlichen Jahren den Erzengel Gabriel, der von allen Engeln den meisten Text hat. Von Jahr zu Jahr hoffte man darauf, dass Frau Schreiber im nächsten Jahr vielleicht vergessen hätte, dass sie immer den ersten Engel gespielt hätte und dass sie sich dann mit dem vierten oder fünften Engel zufrieden gäbe, die nur zehnmal „Halleluja" und zwölfmal „Hosianna" rufen mussten. Aber Rose Schreiber hatte zwar ein sehr schlechtes Gedächtnis für Texte, aber ein ungeheuer gutes dafür, dass sie schon seit sieben Jahren den Gabriel gespielt hatte. Und den würde sie nie hergeben. Vielleicht wäre es sowieso das letzte Mal. Dann hätte man sie eh los. Darauf würden ja sicherlich schon viele warten. Dann könne man den Erzengel endlich mit der ehemaligen Wurstverkäuferin Helfrich aus der Oberpfalz besetzen, ihrer Erzfeindin. Einmal kündigte Rose Schreiber sogar einen Hungerstreik für den Fall an, dass man ihr die Rolle nehmen würde.

Und so wurde der Text des ersten Engels in Rose Schreibers hintergründiger Interpretation von Jahr zu Jahr fragmentarischer. Aus „Hosianna! Ein Kind ist euch geboren."

wurde vor zwei Jahren ein „Hosianna! Ein Kind ist euch." Und letztes Jahr verknappte sich der Text schließlich auf ein kurz und bündiges „Hosianna! Ein Kind ist." Man konnte sich ausrechnen, aus wie viel Worten dieser Text heuer bestehen würde.

Gut, letztes Jahr konnte diese Textlücke durch einen grandiosen Regieeinfall weginszeniert werden. Denn bei „Ein Kind ist - " gab Fräulein Fritzi ihren Blockflöten den Einsatz für „Auf dem Berge, da wehet der Wind". Rose Schreiber allerdings nahm als einzige gar nicht wahr, dass die Flöten sie gerettet hatten. Sie verkündete nach dem Krippenspiel beglückt, dass heute Abend doch alles wieder ganz wunderbar geklappt hätte und dass gerade sie sehr positive Publikumsreaktionen vernommen habe. Sie zitierte stolz: – „Also, verehrte Frau Schreiber, gerade Ihnen gelingt es doch immer wieder, den ersten Engel geradezu zum Zentrum des ganzen Spiels zu machen." – Allerdings konnte sie es sich nicht verkneifen gegenüber Fräulein Fritzi zu bemerken, dass sie die Flöten um einiges zu früh habe einsetzen lassen und dass es vielleicht deswegen geschehen sei, weil Fräulein Fritzi schon immer Schwierigkeiten mit ihrem Engelsspiel hatte, weil sie vielleicht letztlich schon immer lieber diesen Engel spielen als langweilige Blockflöten dirigieren wollte.

Es gab noch viel größere Probleme bei den langwierigen Proben. Einige vergaßen nicht nur ihren Text, sondern wussten von einer Probe zur anderen nicht einmal mehr, welche Person sie zu spielen hatten. Einige wollten es auch einfach nicht mehr wissen, weil sie mit der ihnen zugedachten Rolle unzufrieden waren. Dann kam es heftigen Streitereien, wenn zum Beispiel Herr Reitz, der für den Hirten Simon vorgesehen war, plötzlich meinte, den König Balthasar spielen zu müssen. Da brauste dann der sonst so feine, zurückhaltende Herr von Winterfeldt jäh auf.

„Das hätte er wohl gern, der Herr Reitz! Aber meinen Balthasar bekommen Sie nicht. Das ist meine Rolle!"

„Und seit wann wäre das Ihre Rolle, wenn ich fragen darf."

„Nein, dürfen Sie nicht, Sie - Hirte!"

„Ach, daher weht der Wind! König Balthasar hat was gegen einfache, arme Hirten!"

„Ich meine damit nur, dass jeder das spielen soll, was ihm ansteht."

„Aha, und dem Herrn Edgar von Winterfeldt steht ein König an! Weiß denn der Herr König Edgar von Winterfeldt, was sie in der Französische Revolution mit Königen gemacht haben? Und weiß der Herr Edgar nicht, dass er von seinem ganzen Wesen her eher für einen weichen, weiblichen Engel geeignet wäre? Weil doch jeder hier weiß, dass der weiche Herr Edgar neulich in der Rosa-Kakadu-Bar gesichtet wurde. Mit über 80 in der Rosa-Kakadu-Bar, wo Männer wie Frauen herumlaufen sollen! Was wird das für ein Krippenspiel werden, wenn die Heiligen drei Könige sich zuerst in der Rosa-Kakadu-Bar herumtreiben und dann scheinheilig nach Bethlehem pilgern. Und wie war das gleich wieder mit Dietrich Klose?"

Das war jetzt besonders hinterhältig. Damit spielte Herr Reitz auf die zugeben sehr ausgeprägte Freundschaft zwischen Edgar und Dietrich Klose. Herr Klose, ein ehemaliger Urologe, hatte im letzten Februar auf Edgars Sofa seinen dritten Infarkt erlitten und nicht überlebt. Herr von Winterfeldt brach in Tränen aus. Tante Hildegard drückte den schluchzenden Mann an ihre alten Brüste: „Ach, Edgar, machen Sie sich nichts daraus! Es wird immer Menschen geben, die unfähig sind, Liebe zu verstehen, die etwas andere Wege geht. Und der Neid, und sei es nur auf eine Rolle im Krippenspiel, macht Menschen vielfach zu hinterhältigen Ungeheuern. Und lassen wir doch in Gottes Namen die Männer in der Rosa-Kakadu-Bar wie Frauen herumlaufen! Schließlich treten hier im Krippenspiel von Sankt Karolinus auch Männer in Engelsröcken und Frauen in Hirten-Hosen und Hirten-Stiefeln auf. Und gerade Frau Dr. Feldner schaut prächtig in Männerkleidung aus. Mit ihrem kurz geschnittenen Haar, nicht wahr, Elfriede."

Elfriede Aumann hatte im Gegensatz zu Frau Dr. Feldner langes graulockiges Haar, bewohnte das Zimmer neben ihr und ließ keine Gelegenheit aus, Frau Dr. Feldner durchs kurzgeschnittene Haar zu streichen. „Und umgekehrt auch. Den Rest kannst du dir wohl denken, mein lieber Junge," erläuterte mir bei irgendeinem der vielen langen Telefongesprächen Tante Hildegard das innige Verhältnis der beiden Endsiebzigerinnen zueinander.

Nach dem Angriff auf Edgar von Winterfeldt und seinen verstorbenen Freund stürzte Herr Reitz mit betretenem Gesicht aus dem Probenraum, kam aber bereits nach zehn Minuten zurück: mit drei langstieligen roten Rosen, die er etwas verlegen Edgar überreichte: „Niemand will Ihnen Ihren Balthasar wegnehmen, mein lieber von Winterfeld. Denn Sie werden wahrlich einen großartigen

König abgeben. Ich wollte nur sagen: Auch als Engel wären Sie ganz wunderbar."

Dabei lagen sich die beiden alten Herren plötzlich in den Armen, wobei es sich Herr Reitz nicht verkneifen konnte, Herrn Edgar schelmisch ins Ohr zu flüstern: „Für Ihren Dietrich Klose wären Sie sicher der schönste Engel am ganzen Firmament gewesen."

Im Übrigen wäre dieser Streit gar nicht nötig gewesen, weil Herr von Winterfeldt drei Monate vor der Aufführung seinem geliebten Dietrich Klose ins Grab folgte. Merkwürdigerweise starb er auf demselben Sofa wie sein Freund und ebenfalls nach seinem dritten Herzinfarkt, wie Tante Hildegard meinte. Aber das nur nebenbei. Jetzt hätte Herr Reitz die heiß begehrte Rolle spielen können, aber jetzt wollte er nicht mehr. Ja, er plädierte sogar dafür, aus Pietät und Erinnerung gegenüber dem lieben Edgar die Rolle des Balthasar diesmal überhaupt nicht zu besetzen.

Ja, der Tod. Das war der eigentliche Grund für den sehr frühen Probenbeginn. Der Tod spielte eine wichtige Rolle bei der Planung und Gestaltung des Krippenspiels in Sankt Karolinus. Immer wieder zwang er zum Umbesetzen und Uminszenieren. Tante Hildegard erzählte mir von einem besonders dramatischen Jahr, in dem während der Probenzeit ein Engel, ein Ochse, zwei Hirten und sogar zwei Josephs weggestorben seien. „Alles Männer. Glücklicherweise, " meinte sie. – „Bitte?" fragte ich etwas verwirrt nach. „Ich meinte, glücklicherweise über sieben Monate verteilt. Da drängt sich das nicht so."

Nach einer angemessen tiefen, aber kurzen Trauer standen bereits etliche neue Kandidaten für die vakant gewordenen Rollen auf der Matte. Besser: gierten etliche neue Kandidaten nach den vakant gewordenen Rollen.

Sie sehen, die Vorbereitung des Krippenspiels war für alle Beteiligten eine spannende, mitunter aufregende Zeit. Oft kam man auch nicht in diese kreative Stimmung, die für ein Krippenspiel nötig gewesen wäre, wenn draußen die Bäume weiß und rot blühten oder hochsommerliche Temperaturen sämtliche frommen Weihnachtsgefühle einfach wegschwitzten. Vor allem die Hirten stöhnten, wenn sie bei 25 Grad im Schatten in dicken Umhängen und Schafspelzen proben mussten.

Ulla Friederichs, die Spielleiterin, trug das alles mit großer Fassung. Ulla war gelernte Altenpflegerin, aber Theater war schon seit ihrer frühesten Jugend ihre große Leidenschaft. Sie wäre gern Schauspielerin oder Regisseurin oder beides geworden, wenn nicht Mann und drei Kinder dazwischengekommen wären. Aber sie besuchte regelmäßig Theaterkurse an der Volkshochschule, und als sie die Leitung des Krippenspiels vor zehn Jahren übernahm, hatte sie mit ihren alten Leuten noch Großes vor.

Sie war eine engagierte Vertreterin von experimenteller Theaterarbeit und wollte deswegen in Sankt Karolinus ein avantgardistisches Krippenspiel mit Elementen des absurden Theaters etablieren. Ein dadaistisches Spiel mit Maria, Joseph, Ochs und Esel und einem gänzlich verfremdeten Christusknäblein. Existentielles Welttheater sollte ihr Krippenspiel werden wie Calderons gleichnamiges Drama oder Hofmannsthals „Jedermann". Voller Laster, Lüste, Leidenschaften und anderer Wahrheiten. Die Welt sollte aufhorchen beim Krippenspiel von Sankt Karolinus. Zumindest ihre Kollegen, die Heimbewohner und deren alljährlich in erstaunlichen Scharen herbeiströmenden Verwandten und Freunde. Ulla ähnelte darin vielen Deutschlehrern, die oft durch das Schicksal, noch öfter durch sich selbst daran gehindert wurden, Regisseure oder Dichter zu werden und das dann an ihren Schulen unerbittlich nachholten. Dort wurden die Schüler dann gnadenlos zu Hamlets, Wallensteins und Minnas gemacht. Experimentell, versteht sich.

Vor zehn Jahren beabsichtigte Ulla, in dieses Krippenspiel auch kirchenkritische und feministische Inhalte einfließen zu lassen. Fassungslos reagierten damals die alten Leute auf Ullas Vorschlag, Maria solle keinen Knaben, sondern ein Mädchen zur Welt bringen, sowie auf die Zumutung, den Erzengel Gabriel als einen sehr irdischen, attraktiven Mann zu spielen, der vor Joseph mit der Maria, na ja, Sie wissen schon… Und die armen Hirten sollten gar mit Transparenten gegen die Heiligen drei Könige demonstrieren. Da sollten dann Parolen draufstehen wie: „Der Heiland ist für Arme da!" oder so ähnlich.

Als engagierte Hobbybuddhistin hatte Ulla auch versucht, fernöstliches Gedankengut in die Inszenierung einfließen zu lassen. Aber als sie dann auch noch durchsetzen wollte, dass die alten Leute statt „Kommet, ihr Hirten" etwas Indisch-Esoterisches summen und brummen sollten, probte Dr. Ückermann, der Autor des Krippenspiels, zusammen mit den Mitspielern, nicht das Krippenspiel, sondern den Aufstand. Mit Erfolg.

Ulla Friedrichs war daraufhin vier Tage lang beleidigt. Dann würd's halt wieder die übliche, peinliche Herz-

Jesulein-Romantik mit Rauschgold und Ochs-und-Esel-Kitsch geben. Sie ahnte damals noch nicht, dass sie mit ihren Senioren, deren Durchschnittsalter bei 79 lag, Jahr für Jahr ein Krippenspiel in Szene setzen würde, das von einer wachsenden Fangemeinde mit immer größer werdender Spannung erwartet werden würde. Seit ein bedeutender Kritiker, der Neffe des siebten Engels von rechts, vor zwei Jahren sogar einen Bericht mit der irritierenden Überschrift „Bethlehem ist Sankt Karolinus" veröffentlicht hatte, pilgerten Theaterbegeisterte hierher, die ansonsten nichts mit dem Altersheim zu tun hatten. Da fing das Krippenspiel von Sankt Karolinus fing an, Kult zu werden.

Natürlich fragen auch Sie sich inzwischen, warum denn ausgerechnet alte Menschen ein Krippenspiel aufführen müssten? Wären für sie Teile der Passionsgeschichte nicht passender? Weil: Eigentlich - mal ganz offen gesagt - ist ein Krippenspiel doch eher etwas für Kinder.

Über solche Borniertheiten konnte sich der Autor Dr. Bernd Ückermann, ein ehemaliger Zahnarzt, nur amüsieren: Bethlehem finde jenseits jeden Alters statt, erläuterte er weise lächelnd. Auch alte Menschen hätten noch genug Bethlehem in sich, um die Weihnachtsgeschichte wirkungsvoll auf die Bühne zu bringen. Vor allem wenn – bei aller Bescheidenheit - eine literarisch so hochkarätige Vorlage zur Verfügung stünde. Eine zehnjährige Maria und ein elfjähriger Joseph seien doch zwangsläufig eine Fehlbesetzung. Eine schwangere Maria dieses Alters auf Herbergssuche sei mindestens so unglaubwürdig wie eine 92-jährige. Und wer von den verehrten Kritikern könne schon mit Sicherheit sagen, wo die himmlischen

Engelsscharen altersmäßig angesiedelt seien? „Die weihnachtliche Botschaft spielerisch zu verkündigen", beendete Dr. Ückermann würdig den Diskurs, „ist jedem und überall und mit Gottes Segen erlaubt. Krippenspiele werden mit brauner, schwarzer und gelber Hautfarbe an allen Enden dieser Welt aufgeführt: gereimt, gesungen oder in Prosa, auf Bayerisch oder Kisuaheli. Da wird es doch auch den nicht mehr ganz taufrischen Greisen in Sankt Karolinus gestattet sein!"

Als kleine Theatersensation wurde es auch von erfahrenen Krippenspielexperten bezeichnet, dass in Sankt Karolinus das Christkind einen Text aufzusagen hatte. Denn in fast allen Krippenspielen dieser Welt lag nur eine stumme Puppe in der Krippe. Nicht so in Sankt Karolinus! Da spielte jedes Jahr ein lebendiges Christkind mit. Heuer war für diese wichtige Rolle Ingeborg Steins, die alle nur s'Fräulein Ingeborg nannten, vorgesehen. S'Fräulein Ingeborg war seit ihrem Schlaganfall vor drei Jahren linksseitig gelähmt. Hausmeister Müller hatte nun um ihren Rollstuhl herum eine hinreißend echt aussehende Krippen-Attrappe aus dunkelbrauner Pappe gebastelt und mit einem kleinen Federbett und einem Kissen ausgestattet. Dann bekam s'Fräulein Ingeborg noch eine weiße Babymütze aufgesetzt, so dass man nur noch ihr faltenreiches Gesicht sehen konnte. Aber ihre großen braunen Augen strahlten so kindlich, und sie rezitierte ihren Text mit einer so reinen Stimme, dass man die Runzeln im Gesicht dieses Christkinds überhaupt nicht wahrnahm.

Schon die ersten Worte, die der neugeborene Gottesohn, also s'Fräulein Ingeborg, aufsagen musste, waren sprachlich und auch von ihrer Aussage her nicht uninteressant, worauf Dr. Ückermann immer wieder hinwies. Vor allem gegenüber den literarisch unerfahrenen Senioren, die ihr Leben lang über die Lektüre von Heimatromanen nicht hinausgekommen seien: „Kaum bin ich da auf dieser Erden, da scheint es klar und hell zu werden den Menschen, ob's sie's denn wollen oder nicht. Gewaltig bricht das Licht. Gottvater hat's gericht."

Auch die letzten, bedeutenden, nein: gewaltigen Sätze waren dem Christkind vorbehalten: „So gehet hin in Frieden! Erzählt mit Herzensmacht, in Nord, Ost, West und Süden, was ihr erfahren habt heut Nacht." Worauf Fräulein Fritzis Blockflöten ihr gewaltiges Finale anstimmten. Im Rahmen ihrer Möglichkeiten.

Die letzten Wochen vor der Aufführung rief mich Tante Hildegard fast jeden Tag an, um mir über den Verlauf der Proben genauestens Bericht zu erstatten: „Ottmar Kaiser, du weißt schon dieser alte Nörgler aus dem Parterre, wird von Tag zu Tag ausfallender. Religiösen Kitsch nennt er unsere Arbeit. Und dass er als überzeugter Atheist diesmal nicht zur Aufführung kommen werde. Weil nämlich Krippenspiele Opium fürs Volk seien. Dieses Christkindgeschmalze sei doch durch und durch verlogen. „Und Frau Jentzsch, die letztes Jahr die Maria mehr schlecht als recht gespielt hat - du erinnerst dich doch noch an diese senile Maria -, die hat heute Morgen gesagt, dass sie sich unser laienhaftes Gestöpsel nicht antun wolle. Es ist fürchterlich, Junge, tu mir den Gefallen und werde nie alt! Und spiel' vor allem im Alter nie eine Hauptrolle in einem Krippenspiel! Vor allem mein Näseln und Schwäbeln seien für eine Maria unerträglich, sagen einige dieser alten Hyäninnen. Was sagst du dazu? Ich näsle und schwäble doch nicht. Junge, sag was!" Worauf ich sagte, dass es doch überhaupt nicht darauf ankomme, ob eine Maria näsle oder schwäble und Hauptsache sei doch, die Worte kämen von innen. „Also näsle ich doch!" – „Nein, du näselst nicht, Tante Hildegard! Und schlimmstenfalls meinen die Zuschauer, die Maria hat sich auf dem Weg nach Bethlehem einen Schnupfen geholt. Wäre das ein Wunder im Winter?" – „Es reicht, mein Junge! Es regt nicht gerade zu schauspielerischen Glanzleistungen an, wenn man ein paar Tage vor der Premiere erfährt, dass man näselt!"

Näseln hin, Näseln her! Endlich war vierter Advent. Die Aula von Sankt Karolinus war wie immer bis auf den letzten Platz besetzt. Die Direktorin, Frau Dr. Seidl, hatte in ihrer Begrüßung von den wunderbaren alten Menschen, deren wunderbarer Umgangsweise miteinander, dieser wie immer wunderbaren Kreativität und Ernsthaftigkeit, mit der sie wieder einmal an das Krippenspiel herangegangen seien, gesprochen. Am Ende wies sie wie jedes Jahr auf das Wunder hin, das immer wieder von Bethlehem ausginge und seinen Glanz auch in dieser für alte Leute nicht ganz einfachen Weihnachtszeit ins Altenheim Sankt Karolinus werfe.

Daraufhin flüsterte Frau Jentzsch, die natürlich doch erschienen war, um sich das Gestöpsel anzusehen, bissig: „Mit anderen Worten können wir auch heuer wieder auf einige Wunder gefasst sein."

Aber was wäre das Krippenspiel in Sankt Karolinus ohne die ganzen kleinen und großen Zwischenfälle!

Das Licht im Saal wurde dunkel. Fräulein Fritzi lehnte ihre Krücke ans Notenpult, und es ertönte ein erster stattlicher Applaus. Fräulein Fritzi ließ die vier Flötenspieler aufstehen und schüttelte professionell dem ersten Flötisten, Herrn Olaf Döderlein, die Hand. Dann drehte sie sich zum Publikum und verbeugte sich würdig. Das Flötenquartett setzte sich. Fräulein Fritzi klopfte mit dem Dirigentenstock ans Notenpult, erhob die Arme und gab den Einsatz. Die Ouvertüre begann. Das Licht auf der Bühne wurde heller. Man sah in dem mit dunklen Wolldecken angedeuteten Stall von Bethlehem Jakob Fischer als Joseph und meine Tante Hildegard als Maria.

Und im Rollstuhl hinter ihrer Krippenattrappe das diesjährige Christkind: s'Fräulein Ingeborg! Glücklich lächelnd mit kokett gespitztem Mund. Und mit Brille! Man hatte vergessen, Fräulein Ingeborg die Brille herunterzunehmen. „Das erste Wunder! Jesus ist mit Brille auf die Welt gekommen", flüsterte Hilde Lohoff. Im Hintergrund wackelten Ochs und Esel im Takt mit den Köpfen und intonierten bei den vorgesehenen Stellen rhythmisch ihr „Muh – Iah!" – „Muh – Iah!". Der 81-jährige Ottmar Kaiser, der radikalste Atheist von Sankt Karolinus, hatte sich doch noch überreden lassen, den diesjährigen Esel zu spielen. Für einen Ungläubigen sogar hinreißend fromm.

Einige alte Leute im Publikum stimmten begeistert in das weihnachtliche „Muh – Iah!" ein, worauf Frau Roswitha Jansen, eine ehemalige Handarbeitslehrerin, streng „Ruhe!" rief und „Wir sind doch hier nicht im Kasperl-Theater!"

„Also, die kann sich über gar nichts mehr freuen, die alte Zimtzicke!" bemerkte eine greise Männerstimme.

„Ach, Hartmännchen, Sie seniler Mickerling!" zischte Roswitha Jansen böse nach hinten, „Halten Sie doch die Klappe, wenn Sie nichts von Krippenspielen verstehen, Sie dürftiger Graukopfgeier!"

„Warum nennt die Frau den Opa einen ‚Graukopfgeier', Mama? Gehört das schon zum Stück?" fragte eine Kinderstimme.

Der Auftritt der Hirten von rechts beendete diese Auseinandersetzung. Dazu sollten die Flöten „Herbei, ihr Hirten!" anstimmen. Schon bei den Proben war das für den ersten Flötisten Olaf Döderlein eine besonders heikle Stelle gewesen. Vor Rührung versagten bereits nach den ersten Takten Herrn Olafs alte Lippen, weil er bei diesem Hirtenlied an das hingebungsvolle Flötenspiel seines verstorbenen Bruders Jan erinnert wurde. Olaf setzte zweimal an, brach wieder ab und schluchzte leise vor sich hin. Kurz entschlossen erhob sich Berta Brunner und kam aus dem Zuschauerraum herauf. Sie reichte ihm ein Taschentuch und sagte: „Aber jetzt packen wir es, Herr Olaf!" Olaf schnäuzte sich, streichelte Berta Brunner über den rechten Arm, setzte die Lippen an seine F-Flöte und spielte los. Nie zuvor war dieses „Auf, ihr Hirten!" in Sankt Karolinus so innig erklungen.

Jetzt zogen die sieben Hirten los. Voraus der Hirte Tobias, der als erster vor der Krippe des neugeborenen Kinds stehen bleiben sollte. Aber der Hirte Tobias blieb nicht stehen, sondern ging an der Krippe vorbei und die anderen wackelten brav hinterher, ohne die hochheiligen Personen im Stall auch nur eines frommen Blickes zu würdigen. Als die Hirten schließlich am linken Ende der Bühne angekommen waren und es nicht mehr weiterging, blieben sie verdutzt stehen und schauten hilflos ins Publikum. Da rettete das bebrillte Christkind die Situation mit einem spontanen Reim: „Weit ist der Weg nach Bethlehem, und wie ihr seht, nicht sehr bequem." Das gab einen kräftigen Sonderapplaus. Die Hirten nickten dankbar mit ihren Köpfen. Ochs und Esel quiekten vor Vergnügen. Tante Hildegard lachte auch, streichelte s'Fräulein Ingeborg über die Stirn und schmiegte sich dabei an ihren Joseph. Sehr innig, wie ich fand.

Das Licht auf der Bühne wurde dunkler. Leise schlichen die Engel herein. Sie formierten sich. Und mit einem Mal fiel von oben, quasi direkt vom Himmel herunter, ein unglaublich helles weißes Licht auf den Engelschor. Davon erschrak Fräulein Iris, der vierte Engel, so sehr, dass sie außerplanmäßig ein ganz neues musikalisches Element ins diesjährige Krippenspiel einbrachte. Sie sang tatsächlich mit ihrem zitterigen Sopran: „Veronika, der Lenz ist da!" Ulla Friedrichs war verzweifelt: „Fräulein Iris!"

Hinter mir wurde getuschelt. Ein Kind fragte: „Wer ist denn der Lenz, der jetzt da ist?" – „Der Lenz ist ein Hirte, Claudia." – „Und die Veronika?" – „Damit meint Oma die Maria. Maria heißt nämlich mit zweitem Namen Veronika." – „Sag mal, Lisa, musst du dem Kind diesen Quatsch erzählen? Kannst du nicht einfach sagen, dass Oma im letzten Jahr ziemlich abgebaut hat?" - „Was heißt ,abgebaut'?" – „Dass die Oma bald in einem ganz anderen Engelschor mitsingen wird." - „Arme Oma!" sagte Claudia. Ulla Friedrichs zischte: „Wo bleibt der Erzengel Gabriel! Einsatz!"

Es folgte Rose Schreibers lang erwarteter Auftritt. Kraftvoll setzte sie an: „Hosianna! Ein Kind - ". Ja, und dabei blieb's wie erwartet dieses Jahr. Frau Schreiber hatte noch einmal ihren Text radikal verknappt. Ulla Friedrichs sprang sofort ein und rief von hinten: „Jawohl, ein Kind!", worauf die anderen Engelssenioren mit ihren silbernen Flügeln wackelten und schallend mitverkündeten: „Jawohl, ein Kind, ein Kind, ein Kind!" Das Christkind rief daraufhin noch einmal seinen Erfolgssatz von vorhin aus der Krippe hinaus, diesmal allerdings um einiges lauter: „Weit ist der Weg nach Bethlehem, und wie ihr seht, nicht sehr bequem." Das passte jetzt natürlich überhaupt nicht. Genauso wenig wie das wiedereinsetzende „Iah, iah, muh, muh!" von Ochs und Esel, gegen der Erzengel Gabriel zusammen mit seinen greisen himmlischen Heerscharen sofort anbrüllte: „Hosianna! Ein Kind! Ein Kind!" Zu allem Überdruss schlurften - zu früh natürlich - die drei heiligen Könige so überhaupt nicht heilig herein und stimmten sofort heftig ihr „Wir drei, drei, drei aus dem Morgenland, wir prei- prei-preisen den Hei-heiland!" Auch hier: Text Dr. Ückermann und Komposition Fräulein Fritzi! Die Blockflöten bliesen, was das Zeug herhielt. Das waren keine Flöten mehr. Das donnerte wie die Trompeten von Jericho über die Bühne. S'Fräulein Ingeborg schrie jetzt verstockt: „Aber, heidschibumbeidschibumbum!" Das klang bedrohlich. Die alten Leute produzierten auf der Bühne ein akustisches Krachchaos, das mehr an den Jüngsten Tag inklusive Höllensturz erinnerte als an die fromme Idylle von Bethlehem. Aber jetzt endlich schritt Tante Hildegard ein und brüllte alle nieder: „Still, still, weil's Kindlein schlafen will!" Von Näseln und Schwäbeln keine Spur. Hier rief die Mutter Gottes höchstpersönlich zur Ordnung. Mit einem Schlag war es still. So still, dass das Publikum meinte, das Spiel sei zu Ende, und wild zu klatschen anfing. Die Spieler waren daraufhin etwas verwirrt und begannen dann sich zu verbeugen.

So ist Ulla Friedrichs an diesem vierten Advent wieder einmal zu ihrem experimentellen, avantgardistischen Krippenspiel gekommen. Es war wahrlich großes Welttheater mit allem, was dazugehört. Bisschen weniger Welttheater wäre ihr womöglich fast lieber gewesen.

„Na, mein Junge, wie war ich?" fragte mich Tante Hildegard. „Großartig", sagte ich und umarmte sie. Ulla Friedrichs meinte: „Sie müssen unbedingt nächstes Jahr wieder die Maria spielen. Sie und nur Sie!" „Na ja, " antwortete Tante Hildegard, „dahin ist ja noch ein bisschen Zeit." Und dann ist sie im März kurz vor Probenbeginn gestorben. Sankt Karolinus wird beim nächsten Krippenspiel auf das Näseln und Schwäbeln der Mutter Gottes verzichten müssen.

Aber heidschibumbeidschibumbum!

Stille Nacht bei Hubers friedlich.
Geschenke viel und unterschiedlich.
Küsse da und Küsse dort.
Familie Huber - ein stiller Ort!

Liebe Worte, Blicke und immer
Weihnachtslieder, Kerzenschimmer.
Lieder sogar auf dem Klosett!
Ach, ist es bei den Hubers nett!

Aber Heidschibumbeidschi-
bumbum – bumbeidschi – bum!

Welt, singt Mama, ging verloren.
Christ ist aber dann geboren.
Genau da geht es dann auch los.
Papa, was haben die Kinder bloß?

Mädi reißt im Puppenhaus
Puppen ihre Beine aus.
Bubi streichelt Hamster fest.
Hamster Ohren hängen lässt.

Bubi, Mädi geht's an Kragen
Köpfe werden zusammengeschlagen.
Oma sagt: Das ist nicht gut.
Opa schlägt auf Omas Hut.

Papa schreit ins Treppenhaus:
Christbaum schaut beschissen aus.

Christbaum wackelt. Oma singt.
Mama heult und Opa stinkt.

Papa säuft und Mädi flennt,
Mama schreit und Braten brennt.
Onkel Edgar kommt dazu,
Grölt: O du, o himmlische Ruh.

Mutter schreit: Du fehlst uns noch,
Edgar, du besoffenes Loch.
Tante jetzt auch Tränen rotzt.
Edgar in die Ecke kotzt.

Alle lachen. Doch nicht lang.
Dann folgt wieder Weihnachtsgesang.
Flöten, Geigen, viel Sopran.
Das ärgert auch den Weihnachtsmann.

Der brüllt „Scheiße" und „Du mich auch".
Das schlägt Mama auf den Bauch.
Papa schlägt deshalb – zackzack! -
Den Nikolaus auf seinen Sack.

Nikolaus kommt jetzt nie wieder.
Nikolaus war Onkel Frieder.
Schickt dafür den Kampfhund. Schade.
Verbeißt sich fest in Opas Wade.

Opa keine Schmerzen hat.
Opa war in Stalingrad.
Sagt: Ihr habt doch keinen Schimmer.
Russen waren noch viel schlimmer.

Spät am Abend richtig nett.
Onkel Edgar mit Kindern im Bett.
Papa sagt Mama: Rutsch näher her!
Sie sagt: Bei dir geht eh nichts mehr.

Papa ist jetzt aber traurig.
Brüllt die Mama an ganz schaurig.
Muss jetzt arme Mama schlagen.
Was Kinder wohl dazu jetzt sagen?

Bubi sagt im Schlafanzug:
Papa, jetzt ist es genug.
Mädi sagt: Jetzt wird's erst nett!
Wirft Onkel Edgar aus dem Bett.

Onkel Edgar sagt: Nicht gut,
wenn man das dem Onkel tut.
Und verschwindet auf dem Klo.
Tante sagt: Er ist halt so.

Bubi ruft: Es wird noch besser.
Greift zum großen Küchenmesser.
Während Radio Choräle sendet,
Papa unterm Tisch verendet.

Mama jetzt etwas betroffen!
Schnell wird wieder weiter gesoffen.
Doch weil Papa ungebracht:
„Nächstes Jahr nichts Heilige Nacht!"

Aber Heidschibumbeidschi
bumbum – bumbeidschi – bum!

Die Bußziege von Weißensberg

Einmal im Jahr, zum Jahresende nämlich, gibt's in Weißensberg, meinem Geburtsort, die traditionelle Bußziegenjagd! Ein recht seltsamer, uralter Brauch. Da stellt die Kommune eine dreijährige Ziege zur Verfügung: eben die sogenannte Bußziege. Auf dem Friedensplatz finden sich dann an einem Abend die Weissensberger und pieken mit kleinen Nadeln bunte Zettel ins Fell der Ziege. Da steht dann drauf: „Verzeihung!" Oder: „Entschuldigung!" „Tut uns leid!" „Du Arme!" Oft auch: „Allzu früh!" oder „Lebewohl, du Liebe!"

Und dann zeigt die Weißensberger ein Gesicht, vor dem man erschrecken könnte. Sie beginnen die Bußziege zu jagen. Unbarmherzig. Keine Gnade. Von einer Seite des Friedensplatzes zur anderen und wieder zurück. Nirgends kommt die Ziege durch. Wo sie auch hinrennt, wird sie weggetrieben, weggestoßen, weggetreten. Das arme Tier läuft und läuft, fängt an zu keuchen und zu röcheln, bis ihm der Schaum vor der Schnauze steht. Es wird immer schwächer. Aber Weißensberg kennt an diesem Abend kein Erbarmen. Die Ziege wird traktiert, bis sie zusammenbricht, zuckend auf dem Pflaster liegt und dann meist vor Erschöpfung und Angst verendet.

Dann wird ein Choral gesungen, und die Weißensberger gehen ein wenig bedrückt, aber doch vor allem erleichtert heim. „Verzeih uns!"

Jetzt wollen Sie bestimmt wissen, was es mit altem Brauch auf sich hat: Die dreijährige Bußziege bekommt alles Schlechte und Böse, was in Weißensberg im Laufe eines Jahres passiert ist, stellvertretend aufgeladen und wird dann eben stellvertretend gejagt. Weggejagt. In den Tod gejagt. Stellvertretend. Ansonsten ist der Weißensberger äußerst tierlieb. „Lebewohl, du Liebe! Und allen ein glückliches und friedliches Neues Jahr!"

Weihnachtslesung in Teisendorf

Meine Damen und Herren, ich darf Sie recht herzlich zu unserer diesjährigen vorweihnachtlichen Lesung begrüßen! Mein Name ist Otto Heinz Weigand

Es ist ja über die Jahrhunderte hindurch, wenn nicht sogar hinweg schon so unglaublich viel Banal-Psychotisches über Weihnachten geschrieben, gesungen und gedichtet worden. Jetzt sind wir neulich auf einige Verse gestoßen, die in ihrer konsonantischen Innigkeit, ihrer antithetisch symmetrischen Andächtigkeit und bipolaren Heimatverbundenheit, ja aber auch in seiner linguistisch beachtlichen Aussagekraft so unübertroffen Fundamentales speziell über unsere bayerische Weihnacht zum Ausdruck bringen. Die Verse stammen aus der Feder des zu Unrecht weithin unbekannten Dingolfinger Heimatdichters Flori Jandlinger. Bitte, Herr Jandlinger.

(Jandlinger tritt trotz der winterlichen Kälte im Janker und in einer ziemlich alpinen Lederhose auf. Er trägt einen landesüblichen Trachtenhut mit einem ausufernden Gamsbart darauf. Er räuspert sich und legt los.)

Es weihnachtet sehr
an Weihnachten!
Wenn Neihwachten!
leihnachten!
Wenn Weichnahten
weichnachten!
Und Neichwahten
neichwachten!
Dann weihnachtet es sehr

an Weihnachten!
Weil: So, Reichnachten!
So, Seichtlachten!

(Es macht sich spürbar Betroffenheit, wenn nicht sogar Rührung im Saal breit. Darum hängt sich der Dichter Jandlinger noch mehr rein.)

O, Leichtwachten,
wo d' Leichnachten!
Wo Nahweichten
bei Wahneichten
ganz wachneichten
im Nachweichten
durch Lachweichten!

(Etliche haben bereits ihre Taschentücher herausgeholt und schneuzen gerührt in sie hinein. Viele nicken zustimmend mit ihren Köpfen. Und der Dichter Jandlinger holt zum Finale aus. Fast schreit er.)

Du, Leihwachten!
Du, Leitwachten,
Weil's schreiwachtet!
Wenn's weihnachtet
an Weihnachten

(Nach einem Moment inniger Stille tosender Applaus.)

Jetzt zu unserem nächsten Gast! Ich habe nunmehr das einzigartige Vergnügen, Ihnen einen der ganz großen zeitgenössischen Wortdrechsler und Silbenklempner deutschsprachiger Zunge vorzustellen: Paul Arthur

Hebelgebel. Mehrfach für den Laimer Mechthild-Sulzen-bacher-Buchstaben-Preis nominiert.

Lauschen Sie Rudolf Arthur Hebelgebels Version des alten, vertrauten Liedes „Leise rieselt der Schnee". Hebelgebel gelingt es, mit seinen Versen Weihnachten neu, Weihnachten pur zu gestalten, extrathetisch, wenn nicht sogar intravokalistisch zu punktualisieren und akustisch-labyrinthisch zu diagonalisieren.

Tauchen Sie mit ein in Rudolf Arthur Hebelgebels ureigenste, eigenwillige Weihnachtslandschaft voller Sehnsüchte und Träume. „Leise rieselt der Schnee" - das verstaubte Weihnachtslied – hier fängt es wieder an, zu glänzen, zu glitzern und ganz anders zu rieseln. Bitte, Herr Hebelgebel!

(Der Dichter Hebelgebel tritt in einem Parker auf. Er trägt eine Baskenmütze und ein wollenes Stirnband. Das Publikum klatscht. Hebelgebel bedankt sich dafür mehrmals und beginnt mit leiser Stimme.)

Loisei rusalt dar Schnoi,
Stull und sterr loigt dar Soi,
Woihnechtluch gleinzat dar Wuld:
Fraue Duch, s'Chroistkund koimmt buld.

(Hebelgebel spricht noch leiser und inniger. Er ist jetzt kaum mehr zu hören.)

In dan Hurzen ist's wurm,
Stull schwoigt Kimmer und Hurm,
Sorgi das Labuns verhullt:
Fraue Duch, s'Chroistkund koimmt buld.

Buld ust hoilage Necht;
Choir dar Ungel erwecht;
Hoirch nor, wu lublich as schullt:

(Abrupt brüllt der Dichter aus seinem tiefsten Inneren heraus.)

Fraue Duch, s'Chroistkund koimmt buld!

(Das Publikum erschrickt und klatscht nicht. Es ruft „Blödsinn!" und „Schmarren!" und verlässt grantig den Saal. Rudolf Arthur Hebelgebel zuckt mit den Achseln und grinst. Er hat nichts anderes erwartet.)

Triebverzicht. Ein Drama

Susi:
Wissen Sie was! Wir schenken uns heuer nichts. Zum ersten Mal!

Stefan:
Ja, wir wollen uns heuer nichts schenken.

Susi:
Nein, nein, Stefan: wir werden uns heuer nichts schenken. Nichts.

Stefan:
Gar nichts.

Susi:
Überhaupt nichts.

Stefan:
Nichts, nichts, nichts.

Susi:
Nicht einmal eine Kleinigkeit.

Stefan:
Nein, nicht einmal die.

Susi:
Nicht einmal eine winzige Aufmerksamkeit. So einfach gar nichts.

Stefan:
Ganz einfach.

Susi:
Wirklich nichts?

Stefan:
Ganz bestimmt.

Susi:
Nicht einmal eine Kleinigkeit?

Stefan:
Nein, nicht einmal die.

Susi:
Nicht einmal eine winzige Aufmerksamkeit?

Stefan:
Nichts.

Susi:
Das ist nicht viel.

Stefan:
Richtig. Das ist mehr oder weniger: nichts!

Susi:
Na ja, wenn du meinst.

Stefan:
Es war dein Vorschlag.

Susi:
Ach! Jetzt soll es auf ein Mal mein Vorschlag gewesen sein. Du hast doch -

Stefan:
Nein, du hast.

Susi:
Das hältst das doch gar nicht aus, Stefan. Dazu schenkst viel zu gern!

Stefan:
Das ist vorbei.

Susi:
Dann willst du also tatsächlich mit leeren Händen dastehen.

Stefan:
Ja, du doch auch.

Susi.
Und das findest du gut? Wenn wir am Fest der Liebe mit leeren Händen vor einander stehen. Stefan, da mach ich nicht mit!

Stefan:
Und warum plötzlich nicht?

Susi:
Weil ich dich liebe!

Stefan:
Das habe ich befürchtet.

Susi:
Dass ich dich liebe?

Stefan:
Dass du das nicht schaffst.

Susi:
Wenn du mir nichts schenken willst, dann ist das deine Sache! Das respektiere ich. Ich jedenfalls schenke dir etwas! Jawohl! Und wenn's nur eine winzige Kleinigkeit ist! Eine Aufmerksamkeit!

Stefan:
Gut. Wie du meinst! Dann schenk ich dir auch was!

Susi:
Es muss auch nicht viel sein.

Stefan:
Das hättest du wohl gern! Wenn schon, denn schon! Ich mache dir ein richtig schönes, großes Geschenk. Jawohl! Dann hast du es!

Susi:
Auch teuer?

Stefan:
(schreit) Sündhaft teuer! Weil ich dich nämlich auch liebe! Du hast es nicht anders gewollt!

Der Bankangestellte und Gartenzwerg Richard Glasbrenner

Meine Tante Roswitha Glasbrenner war bereits mit 27 Witwe geworden. Ihr Mann, mein Onkel Werner, starb völlig unerwartet in der Nacht vom 5. auf den 6. Dezember. Kurz vorher war er noch im Gemeindesaal von St. Emmeran auf einer Feier für bedürftige Gemeindemitglieder als temperamentvoller Nikolaus aufgetreten. Eigentlich hatte er es nicht besonders mit solchen Verkleidungen. Aber er tat es Tante Roswitha zuliebe, die ihn als Nikolaus besonders gernhatte. Sie heiratete nach Onkel Werners Tod nicht mehr, sondern schenkte ihre ganze Liebe fortan den bedürftigen Gemeindemitgliedern von St. Emmeran und vor allem ihrem einzigen Sohn, meinem Cousin Richard. Sie tat alles für Richard. Sie klärte ihn rechtzeitig auf und ließ ihn bei der Weissenberger Sparkasse eine Banklehre machen.

Nachdem Richard volljährig geworden war, musste er die Familientradition fortsetzen und jedes Jahr in der Adventszeit als Nikolaus in St. Emmeran erscheinen. Dann war Tante Roswitha besonders stolz auf ihren Richard. Auch wenn er als aufgeschlossener, charmanter Mann bei den Frauen recht gut ankam, verließ er seine Mutter erst mit knapp 40, um Claudia Schaller zu heiraten, die zehn Jahre jünger als er war. Eigentlich hatte ihn Tante Roswitha schon immer vor Frauen gewarnt, aber besonders Claudia Schaller gegenüber hegt sie schlimmste Befürchtungen.

„Sei mir nicht bös, Richard, aber diese Frau wird dir nicht guttun. Die hat etwas in sich", sagte sie, „die hat etwas

…. ja, wie soll ich's ausdrücken …. etwas Abgründiges in sich".

„Aber, Mama, was für ein Abgrund soll denn in meiner Claudia sein?" lachte Richard, „sie ist hübsch, intelligent, modern, hat eine Bombenstellung und fährt ein blaues Cabrio mit 160 PS. Und ist trotzdem, " fügte er verliebt hinzu, „herrlich romantisch! Ja, das ist sie."

Aber Tante Roswitha sollte Recht behalten. Denn schon bald nach der Hochzeit spielten sich seltsame Dinge zwischen Richard und seiner romantischen Claudia in ihrem Haus am Weissensberger Tannwald ab.

Immer wenn Richard von seiner Arbeit in der Sparkasse nach Hause kam, musste er sich sofort auf Claudias dringenden Wunsch umziehen. Er hängte eiligst den Anzug, das Hemd und die Krawatte ordentlich über einen Stuhl im Schlafzimmer. Und dann ist er in die von Claudia bereitgelegte Kleidung eines Gartenzwergs geschlüpft: blaue Hose, rot kariertes Hemd, grüne Schürze und eine unglaublich stattliche Zipfelmütze. Zum Schluss musste er sich noch einen weißen Bart umhängen. In den ersten beiden Jahren ging Richard auf diesen wunderlichen Wunsch seiner Frau liebevoll ein. „Es ist wenigstens kein Nikolaus", dachte er sich, und irgendwie hatte er fast einen erotischen Spaß an diesen Spielen.

Sie glauben jetzt, ich übertreibe. Aber ich versichere Ihnen, ich selber habe es einmal beobachtet. Natürlich ist mir sofort der nahe liegende Gedanke gekommen, dass es sich bei den beiden um irgendein, mir bislang unbekanntes, absonderliches Sexspiel handeln könnte. Ich meine, die einen ziehen sich dazu gar nichts an, andere tragen schwarze oder immer häufiger violette Wäsche. Man treibt es in Leder und Gummi bis hin zur erotischen Ritterrüstung. Ja, lachen Sie nicht! Warum also sollte sich mein Cousin Richard Glasbrenner nicht die Klamotten eines Gartenzwergs anlegen, wenn es den beiden dann mehr Spaß machen würde? Aber ich täuschte mich. Es war einfach nur der Auftakt zu einem schlicht-gemütlichen sommerlichen Feierabend.

Kaum hatte sich Richard in einen süßen Gartenzwerg verwandelt, musste er sich auf eine bestimmte Stelle im Alpengarten legen und lächeln. Was für ein hinreißendes Gartenzwerg-Lächeln Richard auf sein Gesicht zaubern konnte! Da war nichts mehr vom Bankangestellten in seiner Miene! Zwischendurch bestimmte seine Claudia auch andere passende Standorte für ihren Gartenzwerg: einmal neben dem selbst angelegten kleinen Weiher zwischen Schilf und winterfestem Bambus. Dann hatte er immer einen kleinen, roten Schubkarren und einen grünen Rechen bei sich. Ein anderes Mal lagerte Richard im englischen Rasen unter dem Apfelbaum. Aber immer musste Richard die berühmteste aller Gartenzwerg-Stellungen einnehmen: die Seitenlage nämlich, den Kopf mit der roten Zipfelmütze in seiner linken Hand abgestützt. Auf diese Stellung fuhr Claudia völlig ab.

Diese eineinhalb Stunden vor dem Abendessen waren lange Zeit mit die glücklichsten Momente ihrer Ehe. Natürlich vor allem für Claudia. Sie saß auf einem gemütlichen Gartenstuhl, strickte oder blätterte in der BRIGITTE, aus der sie Richard auch besonders interessante Geschichten vorlas. Dazu lief oft die neue CD des

Nettelkofener Herzklangduos: „O du mein bayrisch Alpenrot!" Und alles hat zwischen ihnen gepasst.

Manchmal rutschte Richards Lächeln nach einem besonders anstrengenden Arbeitstag in der Stadtsparkasse von den drolligen Augen und den Mundwinkeln runter. Aber das ließ ihm Claudia nicht durchgehen. „Lächeln, Richard, lächeln!" rief sie liebevoll, aber bestimmt, und mein Cousin Richard lächelte wieder.

„Wie toll du ausschaust, Richard! Du solltest dich selber mal sehen!" rief Claudia, die Sie sich aber keinesfalls als verstaubte alte Jungfer vorstellen dürfen. Sie war trotz „O du mein bayrisch Alpenrot!" eine der dynamischsten und erfolgreichsten Mitarbeiterinnen bei der internationalen Unternehmensberatung CONTROLLING BASIS CORP. und hatte gute Chancen, zur Abteilungsleiterin der Vier Strich Sieben aufzusteigen. Niemand hätte bei ihr diese heftige Zuneigung zu Gartenzwergen vermutet.

Ebenso wenig dürfen Sie denken, Richard sei durchgängig ein spießiger, weltfremder Gartenzwerg gewesen. In seiner Sparkasse war er ein völlig anderer Mensch, das glatte Gegenteil eines Gartenzwergs: schick und ziemlich teuer angezogen, alles Markenartikel, Life-style-Frisur, ein SUV-Typ durch und durch, cool, light. Bis halb fünf war Richard in der Welt des Gelds, der Wechselkurse, Investmentfonds, Aktien und Dividenden absolut zu Hause. Er beriet seine Bankkunden mit so großem Sachverstand, Engagement und vor allem auch Charme, dass sie nur noch mit ihm sprechen wollten.

Bevor Richard in seinem Haus verschwand und zum Gartenzwerg mutierte, fragten ihn seine Nachbarn noch, wie sie sich gegenüber den neuen „Cableform"-Aktien verhalten sollten. Richard rief dann lachend zurück: „Kaufen!" oder: „Abstoßen!" Er, der am Feierabend als bescheidener Gartenzwerg wirkte, war erst im Frühjahr karrieremäßig ein deutliches Stück hinaufgerutscht. Sein Chef hatte damals vor allen Mitarbeitern betont: „Unser Richard Glasbrenner befindet sich auf der Überholspur des Lebens." Überholspur des Lebens! Von wem wird so etwas schon gesagt?

Wenn Sie sich mich fragen: Beide waren der lebende Beweis dafür, dass auch moderne, erfolgsorientierte Menschen in sich gartenzwergliche Sehnsüchte haben. Ja, ich bin sogar zu dem Schluss gekommen, dass das irgendwie genetisch fixiert sein muss. Am Gartenzwerg in uns und neben uns kommt keiner vorbei. Besonders nicht ein Richard Glasbrenner. Er hat sicherlich unaufhaltsam den Gartenzwerg in sich gespürt. Und Frauen wecken ja oft die seltsamsten Dinge in uns Männern.

Nun verbindet man Gartenzwergen immer mit Sommer. Brachte also der Winter das Privatleben der Glasbrenners durcheinander? Nein! Auch die kalte Jahreszeit befreite unseren Richard nicht von den Pflichten eines Gartenzwergs. Claudia hatte sich von einem Schreiner ein breites und stabiles Fensterbrett fürs Wohnzimmer anfertigen lassen, und darauf musste sich Richard dann zwischen Kakteen, Ficus und Yucca-Palme niederlassen und lächeln, wenn es draußen herbst- und winterlich und allmählich auf Weihnachten zuging.

Es wäre auch alles weiterhin zwischen den beiden so harmonisch verlaufen, wäre der vorletzte Winter nicht der kälteste seit über 40 Jahren gewesen und hätte sich

Claudia nicht eingebildet, dass sich Richard trotzdem am vierten Advent erstmals draußen im Garten unter die verschneite und mit Kerzen geschmückte Tanne legen solle.

„Aber Claudia! Alles hat seine Grenzen, und draußen sind minus 20 Grad!" hat Richard ungewohnt aufsässig gemeint.

„Ein einziges Mal, Richard! Bitte! Ich wünsche mir nichts anderes zu Weihnachten, als dass du ein einziges Mal draußen im Freien unter dem Christbaum liegst. Bitte, mein lieber, lieber Gartenzwerg!"

„Aber wenn ich einen Schnupfen bekomme?"

„Schnickschnack!" antwortete Claudia, „wer keine Angst vor Weltrezession und Globalisierung hat, braucht auch keine vor einem albernen Schnupfen zu haben."

Sie küsste ihn zärtlich auf den Mund und rückte ihm die Zipfelmütze zurecht. Sie flüsterte ihr „Und wie gut du heut wieder ausschaust!" in Richards Ohr. Sie küsste ihn wieder. Und noch ein drittes Mal. „Und wenn du wieder reinkommst, kriegst du meinen guten fränkischen Sauerbraten! Was wirst du dich dann wohl fühlen, Richard!"

Wer könnte so einer Frau auch widerstehen? Der Bankangestellte und Gartenzwerg Richard Glasbrenner nicht. Er liebte seine Frau mit so einer Innigkeit, zu der eben nur Gartenzwerge und Bankangestellte fähig sind. Und so lag Richard kurze Zeit später im Schnee unter der Tanne mit den brennenden elektrischen Kerzen und fror fürchterlich. Claudia setzte sich ans Fenster und schaute glücklich in den Garten hinaus. Dann fing es auch noch zu schneien an. Es war perfekt.

„Mein Richard!" flüsterte Claudia und zündete die vier Kerzen auf dem Adventskranz an. Im Radio sang das Nettelkofner Herzklangduo „Du herzig's Christkind, du in der Kripp'n". Claudias Augen glänzten vor Glück und Richards Augen, weil er langsam Fieber bekam. Als er einen Moment nicht lächelte, weil ihm eine riesige Schneeflocke ins linke Auge geflogen war, öffnete Claudia auf der Stelle das Fenster und rief: „Lächeln, Richard, lächeln!" Und Richard lächelte und fror und lächelte und wurde langsam eingeschneit. Er sah die Adventskerzen im warmen Wohnzimmer und erinnerte sich plötzlich an seine Nikolaus-Auftritte in St. Emmeran.

Als nach eineinhalb Stunden der fränkische Sauerbraten auf dem Tisch dampfte, und Claudia ihren Gartenzwerg reinholen wollte, war er bereits halbtot vor Kälte. Zwei Tage später starb Richard Glasbrenner an einer albernen Lungenentzündung. Claudia verbrachte das bislang traurigste Weihnachtsfest ihres Lebens. Aber nach zwei Jahren war sie schon wieder verheiratet mit meinem ehemaligen Klassenkameraden Paul Bremer. Als ich ihn neulich traf, erzählte er mir, wie glücklich er mit Claudia sei, nur dass sie jeden Abend etwas Seltsames von ihm verlange, aber er mache trotzdem mit, weil er eben Claudia so liebe und irgendwie die Sache auch einen lustigen Aspekt habe.

Mackbett von Holzapfelkreuth. Oder: Die Heilige Nacht im Oberland

Weihnachtlich-bayerische Tragödie in einem Aufzug
(nach einer Idee von William Shakespeare)

Die Personen:
Josef Mackbett, Großbauer in Holzapfelkreuth
Therese Mackbett, dessen Gemahlin, geborene Noppinger
1., 2., 3.Gespenst

Der Schauplatz: die geräumige Küche auf Mackbetts Bauernhof. Es riecht unheimlich – nach Kalbsgulasch.

Draußen ist es bereits finster, und ein winterliches Gewitter kommt auf. Therese Mackbett bereitet den Abendtisch. Vom Hof her hört man das Geräusch von Holzhacken. Hart, fast bös klingt es durch die Heilige Nacht.

Therese:
(ruft hinaus) Beend' die Arbeit, Mackbett,
Heiligabend ist's.
Und ruhen soll die Arbeit in der Nacht,
wo's Christkind hat im Übermaß uns Menschen
Frieden bracht auf Erden.
Drum wasch' die Pratzen dir
und hock' dich her! Das Essen dampft am Tisch.

Mackbett:
(erscheint mit einem riesigen Holzbeil)
Kreuzkruzifix! Recht hast! Genug geschafft für heut!

Der Buckel krumm, die Hax'n schmerzen.

Therese:
Drum gönn' dir Ruhe jetzt, du alter Haderlump!
Hast viel gekämpft, hast viel erreicht,
was unser Herz so heiß ersehnt.

Mackbett:
Der ganze Hof mit Vieh und Land herum
gehört jetzt mir allein und meiner Frau,
und keiner redet mir dreinrein.
Es wird gemacht, was ich befehl'.
Was gibt's zum Essen, Frau? Der Magen kracht.

Therese:
Was immer in der Heiligen Nacht
dein frommes Herz erfreut:
Kalbsgulasch mit semmeligen Knödeln
und brauner Soß,
die ich nach Art der Mutter hab geformt.

Mackbett:
Kreuzkruzifix! Mit semmeligen Knödeln,
womit du mir als Jungfrau schon den Grind verdreht.

Therese:
Ja, ja, lang, lang ist's her! Die Knödel sind geblieben.

Mackbett:
Die Knödel samt dem Kalbsgulasch
kann ich allein jetzt fressen.
Muss sie mit keinem Bruder, keinem Onkel teilen!

Therese:
Drum hau' den Ranzen dir jetzt voll
und sauf' ein obergärig trübes Bier dazu!

Es donnert.

Mackbett:
(stutzt erheblich)
Und doch will's heute mir nicht schmecken
das Kalbsgulasch mitsamt den knödeligen Semmeln.

Therese:
Den semmeligen Knödeln! Sepp, du bist verwirrt.

Mackbett:
Das Bier! Es ödet mich, wie es verreckt im Glase hängt.
Anton und Franz, die Brüder, und Onkel Max -
sie alle, alle hat der Schlund des Tods verschluckt.

Das erste Gespenst tritt lärmend auf.

Erstes Gespenst:
Mackbett, Mackbett von Holzapfelkreuth,
hast dich wohl zu früh gefreut?
Sind alle deine üblen Taten
am Ende dir so ganz missraten?

Mackbett:
Siehst, Resi, du den Anton, wie grinst und winkt
und fürchterlich die roten Augen rollt!

Das erste Gespenst rollt fürchterlich mit seinen Augen. Oder versucht es zumindest.

Therese:
Geh, Sepp, du spinnst. Du hast zu viel geschafft.
Im Holz warst du. Den Stall hast ausgemistet.
Du siehst Gespenster schon!
Zerfressen haben Würmer schon den Anton längst!

Mackbett:
Kreuzkruzifix! Ich seh' ihn ganz genau vor mir. *(Lässt einen fahren.)*

Therese:
Drum brauchst noch lange keinen fahren lassen, Sau,
beim Essen und vor deiner Holden.
Es reicht, wenn's draußen bläst und kracht.

Mackbett:
Es war kein Furz! Es war die Angst.

Therese:
Ein Furz war's. Genau hab ich's vernommen,
und stinken tut er wüst,
als hättest du vom Stall den Mist vom Bauch
und nicht mein gutes Kalbsgulasch.

Mackbett:
Anton, Bruderherz, es war ein Unglücksfall.

Erstes Gespenst:
Es war kein Unfall, Sepp, 's war Mord.
Ein kleiner Stoß am Gipfel, und ich war fort.
Jetzt naht dein Ende, Sepp, ganz rasch.
Das ist dein letztes Kalbsgulasch. *(Verschwindet.)*

Mackbett:
(schreit dem Gespenst nach) Die Resi war's allein,
die mich getrieben hat dazu.

Therese:
Geh, red' kein Schmarr'n, Mann, und friss"!
Du machst mir Vorwürf jetzt und redest Stuss,
nur weil ich dir gesagt, was du im Innersten gewollt.
Du warst mit dem Anton auf dem Berg, nicht ich.

*(Draußen tobt das Gewitter immer ungestümer. Zu allem
Überdruss tritt auch noch das zweite Gespenst auf.)*

Zweites Gespenst:
Lady Mackbett von Holzapfelkreuth,
hast noch nie Blutopfer gescheut,
schrecktest nie z'ruck vor bösen Dingen,
um deinen Mann an Hof und Land zu bringen.

Therese:
Ja, Franz, bist du nicht tot, bei Gott verreck!
Bist leichenblass und bis auf'd Knochen abgemagert.
Geh, hock dich her und esse mit vom Kalbsgulasch!

Zweites Gespenst:
Lady Mackbett, sei nicht vermessen!
Bin ein Gespenst. Kann nichts mehr essen.
Das letzte Mal, als es Kalbsgulasch gab,
Lag ich kurz später im Familiengrab.
Mir wird es jetzt noch schlecht,
wenn ich an dein Gulasch denke.
Das waren deine giftigen Ränke.

Mackbett:
Ein Gulasch war's und keine Renke!

Zweites Gespenst:
Ränke, Depp, mit 'Ä'
und kein Fisch aus dem Chiemsää!
Hörst du der Glocken Totengeläut,
Lady Mackbett von Holzapfelkreuth?

(Wild läuten jetzt die Kirchenglocken, und draußen stürmt's, als wolle die Welt in dieser Heiligen Nacht untergehen, während das zweite Gespenst verschwindet.)

Mackbett:
O je! Nimmer wird mir ein Gulasch schmecken,
kein Braten mehr, kein Schweinernes mit Kraut!

Therese:
Mich packt der Wahnsinn, Sepp,
ich werd' verrückt. Ich spinn'
und bring' mich kurzentschlossen um.
(Stößt sich das Messer in die Brust.)

Mackbett:
(zum Publikum) Die macht sich's leicht,
die alte Ziefern, die.
Lässt mich allein jetzt mit den Gespenstern hier
und stößt sich dumpf
ein stumpfes Küchenmesser in die Brust,
dass 's Blut aufs gute Gulasch spritzt.
Muss das denn sein?!!

(Zu guter Letzt stampft das dritte Gespenst, das fürchterlichste von allen, bös' herein. Draußen tobt die Hölle.)

Drittes Gespenst:
Mackbett Sepp von Holzapfelkreuth!

Mackbett:
Der Onkel Max!

Drittes Gespenst:
 - hast mir Arsen ins Bier gestreut.
Und dann im Wald fiel plötzlich ein Stamm,
er fiel auf mich und schlug mich z'samm. *(Verschwindet.)*

Mackbett:
Jetzt gruselt's mich. Jetzt ist es aus.
Die Frau derstochen, das Kalbsgulasch versaut.
Verwandtschaft wandelt tot herein, heraus.
Und alles in der Heil'gen Nacht!
Schluss mit der blutigen Morderei!
Ich häng mich auf, dann ist's vorbei.
(Schreit dem letzten Gespenst nach.)
Und du hältst mir einen Platz in der Familiengruft frei!

3.Gespenst:
(von hinten) Es sei. Es sei.

(Der Großbauer hängt sich auf, und der Vorhang fällt.)

Kleiner vorweihnachtlicher Briefwechsel der Niedertracht

Das ganze Jahr über erreichen uns Nachrichten von der Front der Geschlechterkampfes. Man hat sich daran gewöhnt und langweilt sich eher. Aber gerade, wenn es auf Weihnachten, dem Fest der Liebe, zugeht, steigert sich ganz offensichtlich dieser Kampf ins Unerbittliche. Welche Niedertracht stürzte zum Beispiel letzten Advent auf meinen Freund und Kollegen, den Oberstudienrat Dr. Hans Brettmüller – auch Deutsch, Geschichte, Sozialkunde - herab!

Nachdem sich der ansonsten sehr gesellige Hans in den Tagen zwischen den Feiertagen nicht bei mir gerührt hatte, was er eigentlich schon seit vielen Jahren machte, besuchte ich ihn in seinem Reihenhaus in der Osterwaldstraße. Es war kurz vor Silvester und ein milder Winterabend. Fast zu warm für die Jahreszeit. Wir saßen in seinem Wohnzimmer und tranken Burgunder. Hans war ungewohnt schweigsam. Ich fragte nach Bettina. Darauf wollte er nicht eingehen. Um uns nicht nur anzuschweigen, erzählte ich ihm von unseren aktuellen Ferienplänen. Gleich nach Neujahr wollten Sonja und ich wie jedes Jahr in den hoffentlich tief verschneiten Bayerischen Wald fahren.

„Und was habt ihr so vor?" fragte ich. Hans sagte, dass Bettina und er nichts vorhätten. Überhaupt nichts. Nicht nach Neujahr und wahrscheinlich das ganze kommende Jahr über auch nicht.

„Das hört aber sich nicht gut an", sagte ich.

Hans zuckte mit den Schultern, stand stumm auf und holte von seinem Schreibtisch einige Briefe.

„Diese sieben Briefe, " sagte Hans, „dazu diese Ansichtskarte habe ich innerhalb der letzten Wochen erhalten. Wenn du nichts dagegen hast, möchte ich sie dir vorlesen." Er nahm noch einen kräftigen Schluck Rotwein und fing an.

„Ich beginne mit dem ersten Brief, der Mitte November in meinem Briefkasten lag.

Grafing, 18.November 2016. Sehr geehrter Herr Dr. Brettmüller, ich möchte mich noch einmal recht herzlich für den wunderschönen Abend bedanken, den ich vorigen Samstag mit Ihnen und Ihrer durch und durch liebenswerten Frau verbringen durfte. Mit freundlichen Grüßen. M. Holzer.

M. Holzer ist Therapeut. Ich habe ihn im August auf einer pädagogischen Tagung an der Evangelischen Akademie kennen gelernt. Er hat dort ein viel beachtetes, aber mir eher unverständliches Referat über „Orgasmuszentrierung und Simulation" gehalten. Trotz seines immensen diesbezüglichen Wissens, das die meisten anwesende Pädagogen, vor allem auch Pädagoginnen ziemlich bewegt hat, war M. Holzer ein zurückhaltender, fast schüchterner Mensch. Ich habe mit ihm bei viel Rotwein einige schöne Abende an der Evangelischen Akademie verbracht. Er hat viel Interessantes aus seiner therapeutischen Praxis erzählt. Vor allem die Geschichte einer Patientin beschäftigte mich lange Zeit.

Diese Frau, berichtete M. Holzer, *hat mir erzählt, dass sie nach Beginn des Geschlechtsverkehrs mit ihrem Mann bereits nach zwei bis vier Minuten zum Orgasmus käme, pro*

Beischlaf auf mindestens fünf bis sechs Orgasmen hätte, zu-sammengerechnet monatlich auf ca. 40 Orgasmen käme.

Ich schluckte.

Aber M. Holzer sagte sofort: *Kein Grund zur Beunruhigung, Herr Brettmüller! Wir können das den Frauen ja nie nach-weisen. Und ich persönlich neige dazu, das schon im neuro-tischen Bereich anzusiedeln.*

Wir stießen mit unseren Gläsern an. Ich blieb dennoch be-unruhigt.

Ich komme zu M. Holzers zweiten Brief, der mich bereits drei Tage nach dem ersten Brief erreichte.

Grafing, 22.November 2016. Sehr geehrter Herr Brettmüller, ich möchte Sie und Ihre liebe Frau recht herzlich zu mir auf einen kleinen Umtrunk im kleinsten Kreise einladen. Ich würde mich sehr freuen, wenn es klappen würde. Mit bes-ten Grüßen. Ihr M. Holzer.

Wir trafen uns tatsächlich im denkbar kleinsten Kreis: er, meine 'liebe' Frau und ich. Heimlich hatte ich gehofft, dass vielleicht die Patientin mit den monatlich 40 Orgasmen auch da sein würde. Aber das war natürlich nicht der Fall. So komme ich zu M. Holzers drittem Brief:

Grafing, 1. Dezember 2016. Lieber Herr Brettmüller, vielen Dank, dass Sie beide mich ins Theater mitgenommen haben. Gerade für mich als Alleinstehenden ist es sehr schön, wenn man in so netter Gesellschaft sein darf. Im Übrigen war es ungeheuer amüsant, sich mit Ihrer belesenen Gattin über Li-teratur und Theater zu unterhalten. Wie ich scheint sie ja ein totaler Fan von Thomas Bernhard zu sein. Mit herzlichen Grüßen. Max Holzer.

Max Holzer war nicht nur alleinstehend, sondern auch acht Jahre jünger als ich und drei jünger als Bettina. Außerdem hatte er noch dichtes dunkles Haar. Der nächste Brief!

Grafing, 7.Dezember 2016. Lieber Hans Brettmüller, die Nikolauswanderung zu dritt war wundervoll. Wenn Ihre Frau Bettina es tatsächlich ernst meint mit dem gemeinsamen Langlauf-Wochenende in der Jachenau, würde mich das sehr freuen. Herzlichst. Ihr Max Holzer.

Auf der Wanderung hatte Max Holzer noch einmal von seiner Patientin mit den unzähligen Orgasmen erzählt. Bettina hatte so getan, als ob es sie nicht besonders interessierte, stellte aber dennoch einige Fragen. „Verständnisfragen!" wie sie abends mir gegenüber betonte.

Grafing, 10.Dezember 2016. Lieber Hans Brettmüller, anbei mein Artikel, der vor einem Jahr in der ZEIT erschienen ist. Vielleicht beantwortet er Bettinas eine oder andere Frage. Bin wirklich gespannt, was sie dazu sagen wird. Grüße. Max Holzer.

Weil ich mit Korrekturen der Oberstufen-Aufsätze beschäftigt war, konnte ich zum Langlauf am nächsten Wochenende in die Jachenau nicht mitfahren. Dafür berichtete mir Max Holzer davon:

Grafing, 14. Dezember 2016. Lieber Hans, schade, dass du letztes Wochenende nicht dabei sein konntest. Ich hoffe, dass es Betty trotzdem genossen hat. Es war ein wunderbares Erlebnis. Vielleicht klappt es ja ein anderes Mal. Dein Max.

Ich fragte Bettina, wie es ihr denn in der Jachenau gefallen hätte. Bettina antwortete, dass sie sich nicht ausfragen ließe und dass wir uns in einer Krise befänden, falls mir das nicht aufgefallen sei. Ich sagte, ihr Orgasmusfritze könne mir den Buckel runterrutschen.

Grafing, 17.Dezember 2016. Lieber Hans, Betty hat mir gestern ihr Herz ausgeschüttet. Mensch, reißt euch zusammen! Ihr liebt euch doch. Max.

Ich fragte Bettina, ob sie es denn noch erwarten könne, das, was sie Max Holzer herzmäßig ausgeschüttet hätte, demnächst in der ZEIT nachzulesen. Bettina schrie mich an, dass mich doch nur der Orgasmus der Frau interessieren würde und dass ich ansonsten keine Ahnung von Frauen hätte. Und am allerwenigsten würde ich sie verstehen. Mit allen drei Vorwürfen hatte sie völlig recht. Trotzdem hätte sie die Haustür hinter sich nicht so heftig zuschlagen müssen. Diese Ansichtskarte erreichte mich treffenderweise am Heiligen Abend.

Cortina d'Ampezzo, 22. Dezember. Mein lieber Hans, ich verbringe mit Max herrliche Tage in den Dolomiten. Auch hier weihnachtet es wunderbar. Und am 24sten gibt's in unserem schnuckeligen Hotel ein original Südtiroler Heilig-Abend-Essen. Schade, dass du nicht dabei sein kannst. Wenn wir zwei wieder zurück sind, musst du uns auf alle Fälle sofort in Grafing besuchen. Mach's gut! Betty und Max."

Hier beendete Hans seine Lesung.

Nachtrag zum Vorweihnachtlicher Briefwechsel der Niedertracht

Mitte März traf ich Hans zu einem Bier und fragte ihn, wie es ihm inzwischen ohne Bettina gehe. „Gar nicht schlecht", sagte er, „hätte ich nicht so erwartet." Aber mit einem boshaften Lächeln fügte er hinzu: „Ich habe vorige Woche Betty einen Brief geschrieben. Ich nehme an, dass dich auch dieser Brief interessiert, nachdem ich dich schon mit der vorweihnachtlichen Korrespondenz belästigt habe.

Liebe Betty, freue mich inzwischen wirklich, dass es euch gut geht. Mir geht's auch wieder viel besser. Du wirst lachen, aber vor zwei Wochen habe ich zufälligerweise die Patientin von Max kennen gelernt. Du weißt schon, die mit den 40 Orgasmen im Monat. Na ja, ein bisschen übertreibt die Gute schon. Trotzdem eine sehr nette Frau. Liebe Grüße. Hans."

„Und du meinst, Bettina glaubt dir diese Geschichte?" hakte ich nach.

„Na, jedenfalls hat sie mich gestern angerufen und gemeint, dass wir uns doch endlich wieder einmal treffen sollten. Jetzt wo wir beide doch wieder glücklich seien! - Aber so einen glücklichen Eindruck machte sie mir nicht."

Mein Freund Hans Brettmüller übrigens auch nicht

Hans Brettmüllers Puppe. Für seine Frau Bettina

Das ist meine Puppe,
Weihnachtspuppe, Puppe, Puppe.
Sie ist alles und noch mehr.
Ich lieb' sie sehr.

Ich streichle heftig, heftig,
streichle heftig, heftig, heftig
ihren Leib,
mein kleines Weib.

Meine Puppe hat
eine schöne Gestalt
und wird nicht alt.

Meine Puppe ist
aus braunem Pappmaché.
Nichts tut ihr weh.

Ich mach mit meiner Puppe,
Weihnachtspuppe, Puppe, Puppe.
was ich will.
Sie hält still.

Ich schlage meine Puppe,
Weihnachtspuppe, Puppe, Puppe
sagt kein Wort
und geht nicht fort.

Oft bin ich traurig.
Hab keine Ruh.
Du böse Puppe, du!

Dann sperr ich sie
in den dunklen Schrank.
Da wird sie krank.

Doch dann küss' ich meine Puppe,
Weihnachtspuppe, Puppe, Puppe
auf den Mund.
Sie wird gesund.

Wieso kannst du nicht
wie meine Puppe sein?
Wieso kannst du nicht?!
Du bist gemein!

Bergweihnacht in Hinteroberaschau

Draußen läuteten die Glocken die Weihnacht ein. Der Peterl drückte die Wally fest an sich. „Was gibt's Schöneres, Wally, als in der warmen Stuben zu sitzen mit dem liebsten Menschen, dem einen der liebe Gott über den Weg hat laufen lassen. Und den Glocken zu lauschen, die sanft eine friedliche Bergweihnacht einläuten."

Die Glocken läuteten lauter.

Die Wally lachte ihrem Peterl lieb in die Augen. „Ich hab' dich net recht verstanden, Peterl! Was meinst?"

Immer lauter läuteten die Glocken.

Der Peterl schaute der Wally noch einmal tief in die Augen: „Ich hab' nur gesagt: Was gibt's Schöneres, Wally, als in den warmen Stuben zu sitzen mit dem liebsten Menschen, dem einen - "

Jetzt läuteten die Glocken noch lauter!

„- dem einen der liebe Gott über den Weg hat laufen lassen. Und den Klängen der Glocken zu lauschen, die sanft eine friedliche Bergweihnacht einläuten."

Immer kräftiger und wuchtiger läuteten die Glocken von Hinteroberaschau herüber.

Die Wally lachte ihrem Peterl noch einmal lieb in die Augen. „Wirst schon recht haben! Aber ich hab' dich net recht verstanden, Peterl! Was hast du g'sagt?"

Der Peterl wurde lauter: „Was gibt's Schöneres, als in der warmen Stuben zu sitzen, mit dem liebsten Menschen, dem einen der liebe Gott über den Weg hat laufen lassen. Und den Glocken zu lauschen - "

Immer stärker schallten die Glockenklänge herüber!

„- die sanft eine friedliche Bergweihnacht einläuten."

Die Wally lachte ihrem Peterl lieb in die Augen und rief zurück: „Was redest?"

Jetzt schrie der Peterl: „Was gibt's Schöneres, als in der warmen Stuben zu sitzen, mit dem liebsten Menschen - "

Die Glocken tönten und dröhnten durch die Heilige Nacht!

„- dem einen der liebe Gott über den Weg hat laufen lassen. Und den Glocken zu lauschen, die sanft eine friedliche Bergweihnacht einläuten."

Die Wally schrie zurück: „Sag's noch mal, Peterl!!! Die Glocken scheppern heut so!"

Jetzt hatten die Glocken hatte ihr heiliges Fortissimo erreicht. Bimbam! Bimbam!

„Was gibt's Schöneres, Wally! Wally!!! Als in der warmen Stuben zu sitzen, Wally, mit dem liebsten Menschen, dem einen der liebe Gott über den Weg hat laufen lassen - "

Plötzlich verstummten die Glocken.

„- und den Glocken zu lauschen, die sanft eine friedliche Bergweihnacht einläuten."

Die Wally streichelte dem Peterl über die Hand und flüsterte: „Aber deswegen musst doch nicht so schreien, Peterl"

Der Peterl drückte jetzt seine geliebte Wally so fest, dass sie von der Bank rutschte und leblos am Boden liegen blieben.

Am nächsten Morgen fand man dem Peterl seine Wally erfroren im Schnee am Wegesrand neben dem eisigen Wildbach liegen. Und von Hinteroberaschau schallte friedlich der Klang der tiefsten Glocke herüber. Bimbam bimbam! Und noch einmal bimbam bimbam.

Weihnachtsstürme. Oder: La porta e la corrente. Eine szenische Sonate mit üblem Ausgang

Carl Friedrich Heimeran hat die Kerzen des Weihnachtsbaums angezündet. Wie jedes Jahr eine Nordmanntanne, die er wie immer am vierten Advent selbst im Wald des befreundeten Landwirts Erich Wendel gefällt hat. Ein schöner Baum, wie Carl Friedrich sagt, wunderbar gewachsen, ein Prachtstück von Nordmanntanne.

Hedi, seine Frau, ist anderer Meinung und sagt es geradehinaus, dass die letztjährigen Nordmanntannen schöner gewesen seien. Aber, sie meint auch, dass ihre Nordmanntannen von Jahr zu Jahr mickriger und unansehnlicher werden. Sie wisse auch nicht, ob das an Carl Friedrich oder am Landwirt Erich Wendel läge oder eben doch an der Klimakatastrophe.

Hedi Heimeran sitzt am Klavier und spielt „Auf dem Berge, da wehet der Wind".

Ihr Mann Carl Friedrich sitzt in einem Sessel und denkt, dass auch das Klavierspiel seiner Frau von Jahr zu Jahr fragwürdiger werde. Hedi Heimeran hört, bevor sie zu „Ach, Joseph, liebster Joseph mein, ach, hilf mir wiegen mein Kindelein!" kommt, jäh und mit einem falschen Akkord auf.

Dafür beginnt jetzt die Sonate.

Allegro con brio

1.Exposition

Carl Friedrich, irgendetwas stimmt nicht.

Carl Friedrich, da stimmt doch irgendetwas nicht.

Oder, Carl-Friedrich?

Carl Friedrich, ich glaube, ich hab's.

Carl Friedrich, es zieht.

Carl Friedrich, es ist die Türe.

Oder, Carl-Friedrich?

2.Durchführung

Carl Friedrich, es liegt an der Türe, dass es zieht.

Carl Friedrich, ich vermute, dass die Türe nicht geschlossen ist.

Carl Friedrich, ich befürchte, dass die Türe offensteht.

Carl Friedrich, schaust du mal nach, ob die Türe offensteht?

Carl Friedrich, die Türe steht tatsächlich offen.

Carl Friedrich, die Türe ist offen!

Carl Friedrich, warum steht die Türe offen?

Carl Friedrich, findest du das eigentlich gut, dass die Türe offensteht?

Carl Friedrich, muss das sein, dass die Türe offensteht?

Carl Friedrich, ich wundere mich, dass es dich nicht stört, dass die Türe offensteht.

Ja, Carl-Friedrich, fändest du es nicht auch besser, wenn die Türe geschlossen wäre?

Dann, Carl Friedrich, wäre es doch das Beste, die Türe zu schließen.

Oder, Carl-Friedrich?

Carl Friedrich, findest du nicht auch, dass es das Beste wäre, die Türe zu schließen?

Carl Friedrich, ich denke, wir sollten die Türe schließen.

Oder, Carl-Friedrich?

Carl Friedrich, ich denke, du solltest die Türe schließen.

Carl Friedrich, findest du nicht, dass es das Beste wäre, wenn du die Türe schließen würdest?

Carl Friedrich, schließt du die Türe?

Carl Friedrich, schließ' doch die Türe!

Carl Friedrich, schließ' doch bitte die Türe!

Carl Friedrich, kannst du die Türe schließen?

Carl Friedrich, kannst mal die Türe schließen?

Carl Friedrich, kannst du mal eben die Türe schließen?

Carl Friedrich, kannst du mal eben bitte die Türe schließen?

Carl Friedrich, kannst du nicht mal eben bitte die Türe schließen?

Carl Friedrich, würdest du mal die Türe schließen.

Carl Friedrich, wenn ich dich darum bäte, würdest du die Türe schließen?

Carl Friedrich, sei so nett und schließ' die Türe!

Carl Friedrich, bist du so nett und schließt du die Türe?

Carl Friedrich, bist du so nett und schließt die Türe mal eben?

Carl Friedrich, bist du so nett und schließt die Türe mal eben bitte?

Carl Friedrich, ich wäre dir dankbar, wenn du die Türe schließen würdest.

Carl Friedrich, ich wundere mich, dass es dich nicht stört, dass es zieht.

Carl Friedrich, stört es dich nicht, dass es zieht?

Oder, Carl Friedrich, merkst du nicht, dass es zieht?

Carl Friedrich, ich finde, es zieht.

Carl Friedrich, es zieht.

Oder, Carl-Friedrich?

3.Reprise

Carl Friedrich, es ist die Türe. Die Türe!

Carl Friedrich, es liegt an der Türe, dass es zieht. An der Türe!

Carl-Friedrich, es zieht!

Carl Friedrich, die Türe!

Carl Friedrich, die Türe ist offen!

Carl-Friedrich, es zieht! Die Türe! Es zieht!

Carl Friedrich, warum steht die Türe offen?

Carl-Friedrich, wo es doch zieht!

Oder, Carl-Friedrich?

4.Coda

Carl-Friedrich?

Carl Friedrich, ist etwas?

Carl Friedrich, hast du etwas?

Carl Friedrich!

Carl Friedrich!!!

Nein!!!!

Man hört den Krach einer Blumenvase, die an der Wand in tausend Stücke zerbricht und den dumpfen Schlag, der entsteht, wenn eine Türe heftigst geschlossen wird. Darauf ist ein etwas beleidigtes, unschuldiges Flüstern zu vernehmen.

Carl .... Fried .... rich .... was kann .... ich .... denn .... dafür .... dass es .... dass es .... zieht .... Carl .... und die Türe .... ist es denn .... überhaupt nicht mehr möglich .... mit dir .... vernünftig …. zu reden .... oder …Carl-Friedrich ....

Togo

Sie wollen im Ernst erfahren, wie es bei uns zu Hause am Heiligen Abend zugeht? Dann lassen Sie mich erst mal von unserem letzten Heiligen Abend erzählen. Aber zunächst gleich mal eine Frage: Haben Sie irgendetwas mit Togo am Hut? Wenn nicht, ist das nicht weiter schlimm. Irgendetwas Ähnliches wie Togo wird sich auch in Ihrer Familiengeschichte finden lassen. Mein Großvater meinte immer, dass jede Familie ihr Togo in sich und mit sich trage. Na ja, vielleicht verstehen Sie nach und nach besser, was er damit sagen wollte.

Vielleicht werden Sie sich nicht sofort mit den ganzen Personen und Namen meiner Familie zurechtfinden, wer da wer ist und wer zum wem gehört und wer nicht oder vielleicht doch. Aber das ist auch völlig egal und austauschbar. Strengen Sie sich nicht unnötig an! Irgendwann werden Sie alle meine Verwandten kennen und teilweise sogar mögen. Den einen mehr und den anderen weniger. Und dann können Sie entscheiden, ob Sie nächstes Jahr mit uns feiern wollen. Oder doch lieber allein. Oder vielleicht sogar in Togo. Wer weiß?

„Wie schön, lieber Paul, dass wir alle wieder zusammen sind und gemeinsam Heiligabend feiern", rief Mutter und presste mich an sich, „und schade, dass euer Vater nicht mehr dabei sein kann! Ja, ja." Vater war schon über 20 Jahre nicht mehr dabei. Ich drückte Mutter einen Kuss auf die rechte Wange und einen auf die linke. „Und wie gut du wieder ausschaust, Carola!" Carola, meine Lebensgefährtin, streichelte meiner Mutter übers dünne, graue Haar. „Und da ist auch meine kleine dunkle Jennifer mit ihren großen schwarzen Kulleraugen!" Jennifer war von Carola und ihrem Ex-Mann adoptiert worden. Sie war inzwischen 13 und stammte aus Togo. Woher auch sonst? Jennifer war kohlrabenschwarz. Ich weiß nicht, was mein Vater dazu gesagt hätte, obwohl er immer wieder von Togo schwärmte. Carola griff nach den Händen meines Bruders Rainer, der seit Vaters Tod wieder zu Mutter gezogen war. Rainer war damals immerhin schon 35. Aber irgendwie passte es.

Rainer hieß übrigens Rainer, weil Vaters bester Freund und Bergkamerad Rainer geheißen hatte. Mit diesem Rainer hatte er oft in kältesten Winternächten an den steilsten Felswänden auf kleinstem Raum biwakiert und sich gegenseitig gewärmt. Das hatte meine Mutter nie gern gehört.

Aber mein Vater hat mit seinem Freund Rainer nicht nur die Alpen bezwungen. Nein, die zwei wanderten als junge Männer auch in Afrika herum. Auf den Spuren seines Vaters, meines Großvaters, der als Offizier in der ehemals deutschen Kolonie Togo für Recht und Ordnung gesorgt hatte. Vater erzählte immer wieder begeistert, aber auch ein wenig traurig von den überwältigenden afrikanischen Sonnenuntergängen, vor allem von einem, den sie am Heiligen Abend 1935 in Togo erleben durften. Togo! Fern der Heimat. Nur Rainer und er. Und die rätselhaften Geräusche aus dem Urwald an diesem Heiligen Abend. Und wie sie „Aber Heidschibummbeidschi-bummbumm" leise in die dunkler werdende Savanne hinausgesungen hätten. Zweistimmig. Innig. Arm in Arm, und ganz anders sei es dabei ihnen geworden, dem Rainer und ihm. So Wange an Wange. Davon seien sie fast erschrocken.

Wenn Vater allerdings schon damals gewusst hätte, in welche Richtung sich sein Ältester entwickeln würde, hätte er ihn nicht Rainer genannt.

„Na, du alte Schwuchtel, " rief jetzt Carola. Sie haben richtig gehört. So ist eben meine Lebensgefährtin. Ich sagte: „Aber, Carola!" Rainer grinste: „Lass nur! Carola darf das sagen. Außerdem stimmt es." Natürlich stimmte es. Das wusste inzwischen jeder in der Familie. Aber deswegen musste Carola noch lange nicht so herumtönen. Und am Heiligen Abend. Und vor Jennifer. Ich fragte Rainer leise, wie es Mutter so gehe. Rainer sagte: „Na ja, sie bringt in letzter Zeit schon immer wieder einiges durcheinander. Aber das ist ja einer Frau mit knapp 80 wohl erlaubt."

Von draußen krächzte es: „O du fröhliche, o du selige!" Das war Onkel Erwin. Er hatte schon an der Gartentür zu singen angefangen. „Reiß dich zusammen", hörte man Tante Elisabeth zischen, „es muss nicht gleich jeder wissen, dass du schon wieder einmal in einen in der Krone hast! Um diese Uhrzeit! Am Heiligen Abend!"

Kurz später standen meine Schwester Ingrid, ihr Mann Jochen und ihre beiden Söhnen Julian, 11, und Jonas, 8, vor der Tür und brüllten: „Aber heidschibumbeidschibumbum!" Jochen klatschte dazu exakt den Takt. So klang es eher nach „O du schöner Westerwald!" Jochen ist Oberst bei der Bundeswehr. Meine Schwester Ingrid versuchte dennoch mit einer andächtigen zweiten Stimme den Charakter eines Marschlieds zu dämpfen. Aber gegen Jochens militärisches „Bumbum!" konnte sie nichts ausrichten.

Ingrid hatte übrigens den Namen von Vaters Schwester Ingrid, die lange Zeit seine Lieblingsschwester gewesen war, bis sie sich dann als 57jährige einen um 20 Jahre jüngeren Mann nahm, was nicht das eigentliche Problem der Familie war, auch wenn Vater bereits das als ziemlich unpassend empfunden hatte. Nein, Ingrids Mann stammte aus Togo. Togo! Damit hatte Vater trotz seiner Liebe zu afrikanischen Sonnenuntergängen seine Probleme. „Liebe Ingrid, du kannst auch fürderhin jederzeit an Heiligabend zu uns kommen. Nach wie vor. Aber bitte niemals mit ihm." – Mutter fragte: „Arthur, du wirst mir doch nicht eifersüchtig sein?" – Vater war damals außer sich: „Wieso sollte ich auf einen Neger eifersüchtig sein?" – „Na ja, er schaut doch ziemlich prächtig aus", meinte Mutter, „also ich versteh deine Schwester schon." Im tiefsten seines Herzens musste Vater zugeben, dass Ingrids schwarzer Geliebter prächtig aussah. Sogar unglaublich prächtig. Aber das behielt er für sich.

Ingrids Familie stand immer noch an der Tür und schrie jetzt einstimmig auf Jochens Kommando „Eins, zwei, drei und!": „Ein gesegnetes Weihnachten, liebe Großmama!" Das klang wie: „Guten Morgen, Herr Oberst!"

„'Gesegnetes Weihnachten!' Ihr habt gut reden!" Die dicke Tante Friedel drängte sich seufzend an ihnen vorbei: „Ach, könnte doch mein guter Paul auch dabei sein!" Mutter nahm ihre Schwägerin an beiden Händen. Tante Friedel war nämlich mit Mutters und Tante Elisabeths Bruder Paul verheiratet gewesen. Allerdings Onkel Paul war noch nie an Heiligabend dabei gewesen.

Onkel Paul war nämlich im Zweiten Weltkrieg gefallen. Deswegen war ich auf den Namen Paul getauft worden.

So kommt man in unserer Familie zu seinen Namen! Onkel Paul war aber nicht, wie es sich eigentlich für einen deutschen Soldaten gehört hätte, in Russland gefallen, sondern in Ägypten während des relativ kurzen Afrikafeldzugs von Generalfeldmarschall Rommel. Also nicht in Togo, wie man es von unserer Familie hätte erwarten können, weil Togo damals bereits seit langer Zeit französisch war. Aber immerhin in Nordafrika.

„Und einen Tag vor Heiligabend. In der Wüste!" seufzte Tante Friedel. „Ja", sagte Mutter, „unsere armen Männer! Warum können sie heute nicht bei uns sein? Wenigstens heute! An Heiligabend."

„Aber", sagte Tante Friedel „dein Arthur konnte wenigstens bis vor 20 Jahren noch dabei sein." - „22", verbesserte meine Mutter. – „Mein Paul hat schon seit 1941 keinen Heiligen Abend mehr feiern dürfen." – „Fiel er nicht erst 1942?" fragte Mutter. „Nein, meine Liebe, es war 1941!" – „Ich hätte darauf schwören können, dass es erst 1943 war", mischte sich Tante Elisabeth ein. „1941 war es, und Schluss!" Tante Friedel beharrte auf ihren zwei mannlosen Heiligen Abenden weniger. „Liebe Elisabeth! Weißt du überhaupt, wie glücklich du sein kannst, dass du an Heiligabend noch deinen Erwin hast?" Tante Elisabeth dachte daran, dass ihr Erwin heute Nachmittag beim Baumschmücken wieder einmal voll mit Obstler in den Christbaum gefallen war und sagte nur: „Ja, mit Erwin sind es bereits 47 Heiligabende, und ich fürchte es werden noch mehr!" Onkel Erwin sang erneut „O du fröhliche, o du selige", das er seit heute Morgen ständig sang. Auch als er in den Christbaum gekippt war.

Apropos „O du fröhliche"! Dieses Lied hatte mein Großvater, der nicht nur ein gewissenhafter Offizier war, sondern auch ein außerordentlich musischer Mensch gewesen sein muss, für Frauenstimmen arrangiert und mit etlichen weiblichen Eingeborenen zu Weihnachten einstudiert, wofür er damals vom Kaiserlichen Kommissar von Puttkamer ausdrücklich belobigt worden war. Großvater schwärmte noch bis ins hohe Alter davon, wie die kräftigen schwarzen Stimmen dieses Lied voller frommer Inbrunst in die Savanne hinausgeschmettert hätten. Und wenn Großmutter nicht hinhörte, pries er noch kurz vor seinem Tod anschaulich seine stattlichen 'Negerinnen', diese prächtigen Weiber, deren dunkle Brüste beim Singen gar heftig gebebt hätten: „Freueuee, freue dich, o Christenheit!" Und wie dazu mit ihren stattlichen Hintern mitgewippt hätten. Ja, die hätten schon anders gesungen als die alten vertrockneten Jungfern von St. Emmeran in der fernen Heimat.

„O du fröhliche, o du selige!" rief jetzt auch Mutter, „aber jetzt wollen wir uns zu Heiligabend alle herzlich umarmen und küssen". - „Wie geht es Mutter?" fragte mich leise Ingrid. „Na ja, Rainer meint, dass sie zwischendurch die Dinge etwas durcheinanderbringt."

Und dann ging es los! Mutter umarmte und küsste Ingrid, Ingrid küsste und umarmte Carola, Carola umarmte und küsste Ingrids Mann, den Oberst Jochen, der küsste und umarmte meinen Bruder nicht, dafür aber mich und Onkel Erwin, den ich auch umarmte und küsste und der kräftig nach Obstler roch. Onkel Erwin rief „O du fröhliche, o du selige!". Tante Elisabeth sagte: „Halt die Klappe!" und umarmte und küsste Rainer, der meine Schwester Ingrid, meine Schwester Ingrid Carola und meinen Bruder Rainer, Onkel Erwin Tante Friedel, Tante Friedel Onkel Erwin und gleich noch einmal. „Es reicht, Erwin! Du frisst sie ja auf," rief Tante Elisabeth aus der Umarmung mit meiner Mutter heraus. Tante Elisabeth umarmte und küsste übrigens Tante Friedel nie. Umgekehrt allerdings auch nicht. Trotzdem schrie Onkel Erwin erneut: „O du fröhliche, o du selige." Ich umarmte ihn und auch Tante Friedel erneut. Onkel Erwin schon zum zweiten Mal und Tante Friedel zum dritten Mal, worauf ich von meiner Mutter gezwungen wurde, sie ein viertes Mal zu umarmen. Während dieser weihnachtlichen Umarmungs- und Kussorgie machten sich die drei Kinder einen Spaß daraus und umarmten und küssten sich auch. Julian Jonas, Jonas Jennifer, Jennifer Julian. Die beiden so oft und so heftig, dass Julians Vater Jochen, der Oberst, seine Umarmung mit meiner Mutter unterbrach und Julian von der dunklen Jennifer hart wegriss und „Nicht so hitzig, Jennifer!" rief. Vielleicht dachte er dabei an die alte Tante Ingrid und ihren schwarzen Mann aus Togo. So eine afrikanische Leidenschaft sollte man von Anfang nicht einreißen lassen. Egal, Mutter strahlte. „O du fröhliche, o du selige!"

„Wo sind die Geschenke", brüllt Jonas der jüngste Sohn meiner Schwester Ingrid. Das klingt nach Attacke. - „Willst du deiner Oma vorher nicht erst ein Küsschen geben, Jonas?" - Jonas gibt Oma kein Küsschen, sondern stürzt sich an ihr vorbei ins Wohnzimmer und wirft sich auf die Päckchen. Als er anfängt, das erste aufzufetzen, reißt ihm Julian, sein älterer Bruder, das Päckchen aus der Hand und schreit, dass das für ihn sei. „Von Tante Elisabeth! Kannst du nicht lesen, du Idiot?" - „Aber Kinder", ruft meine Mutter, ihre Oma, „es sind für jeden genug

Päckchen da". - Ich denke mir, jetzt kommt gleich die Geschichte mit den Bauklötzen, die mein Großvater an Weihnachten den kinderreichen Familien in Togo geschenkt hat. Ein deutscher Bauklotz pro Kind! Und wie glücklich die 'Negerkinder' gewesen seien und um die Bauklötze herumgetanzt wären. „Ein Bauklotz, ein Bauklotz!" Das konnten sie nämlich auf Deutsch sagen, Bauklotz, die 'Negerkinder'. Nein, diese Freude! Nein, diese Bescheidenheit!

Tante Friedel fragt: „Was gibt es denn dieses Jahr Gutes zum Essen, Agnes?", wartet die Antwort aber nicht ab, sondern bekommt feuchte Augen und erzählt, dass es in ihrer Jugend zu Heiligabend nur Salzkartoffeln mit Magermilch gegeben habe. Mein Bruder Rainer sagt: „Bitte nicht schon wieder!" Aber es ist zu spät. „Salzkartoffeln!" ruft Tante Elisabeth und sagt, dass sie glücklich gewesen wären, wenn es bei ihnen Salzkartoffeln gegeben hätte und dass ihre arme Mutter notdürftig ein Süppchen aus Erbsen ohne Salz kochen musste, Erbsen dritter Lese natürlich, diese kümmerlichen Brucherbsen, die Großmutter nicht einmal ihren 'Negern' in Togo vorgesetzt hätte.

„Blödsinn!" sagt mein Bruder Rainer. – „Du musst es ja wissen! Wisst ihr denn überhaupt noch, was das heißt? Arm?" – Rainer sagt: „Gott sei Dank wissen wir es nicht mehr." – „Vielleicht hätte dein Leben auch eine andere Entwicklung genommen, wenn du erfahren hättest, was es heißt: arm sein! Du weißt schon, was ich meine, Rainer!" sagt Tante Elisabeth, „deinem Vater hat das ja sein Herz gebrochen."

„Das?" fragt Rainer. „Ja, das! Und auch seine Schwester Ingrid mit ihrem 'Neger' aus Togo!" Meine schwarze

Jennifer hört „Neger" und „Togo" und zuckt zusammen. Tante Elisabeth erschrickt und sagt, dass sie noch nie etwas gegen schwarze Menschen gehabt habe, vor allem nichts gegen kleine schwarze Kinder mit ihren großen, goldigen Kulleraugen und dass sie wieder viel Geld für „Brot für die Welt" gesammelt habe. Also auch für Togo.

Jennifer läuft trotzdem aus dem Wohnzimmer. Ich hinterher. Draußen einigen wir uns, dass Tante Elisabeth eine dumme Gans sei, nein, eine blöde Kuh und eine doofe Arschgeige dazu. Arschgeige gefällt Jennifer besonders, und sie grinst wieder. Wir gehen zurück ins Wohnzimmer. Alle stehen auf und klatschen. Ich finde das übertrieben, und Jennifer schaut verlegen auf den Christbaum. Onkel Erwin brüllt: „O du fröhliche, o du selige!" Jonas und Julian reißen die letzten Päckchen auf. Rainer telefoniert und sagt dann: „Au revoir, Jean Pierre!" Ich frage: „Wer ist Jean Pierre?" Rainer sagt: „Abwarten!" und grinst. Ich ahne nichts Schlimmes. Rainer liebt dramatische Auftritte.

So hatte er sich damals vor knapp 30 Jahren ausgerechnet den Heiligen Abend dafür ausgewählt, der Familie zu verkünden, dass er schwul sei. Dazu hatte Rainer das Weihnachtsoratorium von Bach aufgelegt: „Jauchzet, frohlocket!". Die Nachspeise stand vor uns. Übrigens „Mohrencreme", die auch heute das Essen abschließen würde. Ein Rezept, das unsere Großmutter aus Togo mitgebracht hatte. Togo! Für eine Süßspeise ziemlich scharf. „Aber so liebt 's eben der Afrikaner! Scharf!" sagt immer Onkel Erwin, „womit ich nichts gegen Afrika oder gar Schwester Ingrid und ihren lieben schwarzen Mann gesagt haben will."

Damals hatte Vater den Löffel bereits in der Hand, um von der Mohrencreme zu kosten, die übrigens, seit Jennifer zur Familie gestoßen ist, nicht mehr Mohrencreme, sondern „Dunkle Creme" genannt wird. Da erhob sich Rainer, sprach 's aus, prostete allen zu und setzte sich wieder. „Jauchzet, frohlocket!". Wir sahen auf die Schüsselchen vor uns und schwiegen. Nach einer Minute sagte Tante Elisabeth: „Um Gottes willen!". Mutter weinte: „Junge, magst du dir das nicht noch einmal überlegen?" Tante Friedel sagte: „Und dafür haben unsere Männer im Krieg den Kopf hingehalten!" - „Und euer Großvater in Togo für deutsche Kultur gesorgt", ergänzte Tante Elisabeth. Meine Schwester Ingrid stieß mich unter dem Tisch mit dem Fuß an, zwinkerte mir zu, und Rainer drückte mir - ebenfalls unter dem Tisch - die Hand.

Mein Vater flüsterte: „Ja, also." Alle sahen ihn an. Und noch einmal: „Ja, also!" Und noch leiser: „Aber das geht doch nicht, Junge!" Dann warf er jäh den Löffel auf den Tisch, sprang auf und brüllte Rainer an, er solle verschwinden, er habe keinen Sohn mehr – in seinem Zorn vergaß er, dass ich ja auch noch als Sohn vorhanden wäre! Und hätte er das geahnt, nie und nimmer hätte er ihn nach seinem besten Freund und Bergkameraden Rainer genannt, Rainer. mit dem er oft in kältesten Nächten an den steilsten Felswänden und auf kleinstem Raum biwakiert habe, von den afrikanischen Sonnenuntergängen ganz zu schweigen, Wange an Wange – hier brach unser Vater ab und hemmungslos in Tränen aus, stürzte aus dem Zimmer und warf die Tür hinter sich mit so einem Knall zu, dass die Figuren in der Krippe wackelten und einer der Heiligen drei Könige umfiel. Wie konnte es in unserer Familie anders sein: Es war der Mohr. Also der schwarze König, der nicht aus Togo stammte. Trotzdem. Das war der letzte Heilige Abend, den die beiden miteinander feierten.

Inzwischen waren wir beim nächsten Gang angelangt: Selbstgemachte Leberpastete mit Rosmarin und Kapern, die nach dem letzten König von Togo „Mlapa" genannt wird. „Ich möchte aber Salzkartoffel in Magermilch wie Tante Friedel", rief Jonas. Zur Pastete gab es aufgebackenes Fladenbrot aus Mais. Ein Rezept nicht aus Togo, aber wenigstens aus Äthiopien. Das Brot bröselte, und dieses bröselnde Brot war wieder einmal der Grund dafür, dass der Heilige Abend endgültig eskalierte.

„O Gott", denkt Mutter, „das hätte mir nicht passieren dürfen." Mutters Schwester Elisabeth sagt zu ihrem Mann: „Erwin, pass auf, das Brot meiner Schwester bröselt wieder." Und zu ihrer Schwägerin Friedel sagt sie, sie solle auch aufpassen, sie wisse schon, warum. Ich denke, bitte nicht schon wieder. Aber das afrikanische Brot bröselt eben. Es bröselt sogar heftig. So heftig, wie es damals an jenem berüchtigtem Heiligen Abend gebröselt haben musste, als ich noch ein kleiner Junge war. Damals saß Schwägerin Friedel auch neben Onkel Erwin, dem das Brot heftig auf den Schoß bröselte, worauf Schwägerin Friedel, die schon einiges an Rotwein in sich hineingeschüttet hatte, kurzentschlossen meinem Onkel Erwin an die Hose langte und die afrikanischen Brösel runterwischte. So heftig, dass Tante Elisabeth dazwischen ging und Tante Friedel anzischte, sie seien hier nicht bei den Negern in Togo – Togo! - , die sich vielleicht gern von Frauen die Brösel wegwischen lassen, aber sie hätte an der Hose ihres Mannes überhaupt nichts zu suchen und wenn ihrem Erwin jemand die Brösel von der Hose entfernen dürfe, dann sie und nur sie, seine Frau.

„Elisabeth, musst du eigentlich jeden Heiligen Abend diese alte Geschichte aufwärmen", fragt sanft meine Mutter. - „Und könntest du endlich damit aufhören, uns am Heiligen Abend Brot vorzusetzen, das bröselt, Agnes, und damit der Haltlosigkeit bestimmter Damen Vorschub zu leisten. Es gibt nämlich Frauen, die warten nur darauf, Brösel von Männerhosen wegzuwischen. Vor allem, wenn sie alleinstehend sind, diese Damen." Darauf meint Tante Friedel, dass es allerdings auch Männer gebe, die mit Absicht auf ihre Hosen bröselten, vor allem wenn sie zu viel Obstler getrunken hätten, damit ihnen nämlich fremde Frauen die Brösel wegtun, weil ihre eigenen Frauen nämlich kein Interesse mehr an den Bröseln ihrer Männer hätten und ob irgendjemand wisse, wie es um die Sehnsucht von Frauen stehe, deren Männer im Krieg geblieben seien.

Es gelangt die nächste Vorspeise auf den Tisch: Lachs auf Feldsalat mit gerösteten Pinienkernen und Avocado-Creme. „Übertreibst du nicht ein wenig", fragt Tante Elisabeth. - „Mit Arthurs Pension muss man nicht viel nachdenken", sagt Tante Friedel. - „Ach ja, der gute Arthur!" sagt Mutter leise, „was würde der sich jetzt freuen, im Kreise seiner Familie Weihnachten feiern zu dürfen! Und warum musste er bloß damals wieder nach Togo gehen? Er in seinem Alter! Um seinen Freund Rainer zu suchen. Und das kurz vor Weihnachten! Und so hat ihn die Savanne nie mehr hergegeben." - „Ich sag ja", flüstert mir Rainer ins Ohr, „sie bringt in letzter Zeit die Dinge ein bisschen durcheinander." - „Ich möchte aber Salzkartoffeln", ruft Jonas. - „Nein", sagt Ingrid, „du isst Omas Lachs". - „Und zwar, bis der Teller leer ist", kommandiert sein Vater Jochen, der Oberst.

„Tante Friedels Geschenk ist viel, viel schöner als das Geschenk von Tante Elisabeth und Onkel Erwin", ruft Jonas. - „Das war sicher auch viel billiger", sagt sein Bruder Julian. - „Ja, Tante Friedels Geschenke sind immer schöner, weil sie mehr Geld für uns ausgibt". - „Kinder, es reicht", sagt meine Schwester Ingrid. - „Aber warum schenken uns Tante Elisabeth und Onkel Erwin immer billigere Sachen?" fragt Julian. Tante Friedel lächelt stolz, und Tante Elisabeth schaut weg. - Jonas gibt Tante Friedel einen Kuss: „Tante Friedel ist einfach lieber." - „Wenn du nicht gleich die Klappe hältst, bekommst du eine Schelle", sagt Oberst Jochen. - „Ach", fragt mein Bruder Rainer, „erziehst du immer noch mit Schellen?" - „Halt du dich da raus", entgegnet Jochen, „erzieh' du erst mal selber Kinder. Aber wie du geartet bist, ist von dir ja kein Nachwuchs zu erwarten." – „Warum erwartet man keinen Nachwuchs von Onkel Rainer?" – „Aber, Kinder", sagte meine Mutter, „das gehört jetzt wirklich nicht hierher!" – „Er mag keine Frauen", erklärte Jochen, „und Männer, die keine Frauen mögen, kriegen auch keine Kinder. So einfach ist das, nicht wahr, lieber Rainer." – „Versteh ich nicht", sagte Jonas. – Meine Schwester Ingrid erklärt: „Onkel Rainer mag nur Männer" – „Dann ist ja Onkel Rainer schwul?" sagt Julian – „Onkel Rainer ist schwul, Onkel Rainer ist schwul!" kräht Jonas. „Juchhu, Onkel Rainer mag nur Männer! Magst du den Papa dann auch?" – „Nein, den nicht", sagt Rainer. Jochen holt aus und gibt Jonas eine „Schelle". – Rainer fragt den Oberst, ob es ihm jetzt besser gehe. – Jochen steht auf und sagt, dass er ihm jetzt am liebsten auch eine Schelle geben würde, eine gescheite, wenn er nur ein richtiger Mann wäre. Ich brülle Jochen an, dass es reicht.

Eine halbe Stunde herrscht Waffenruhe.

Während des Schmorbratens Elsässer Art, der damals in Togo aus Antilopenfleisch zubereitet wurde, springt Oberst Jochen zackig auf: „Bitte das Fernsehen anschalten zu dürfen, Schwiegermutter. Unser Bundespräsident!" - „Muss das sein", stöhnt seine Frau Ingrid, „ich kann das ranzige Weihnachtsgeschwafel dieses Laberschwafelsabbersockens nicht mehr anhören." – „Bravo", sage ich. - „Das muss ich mir merken", sagt unser Bruder Rainer. - „Nicht streiten! Es ist schließlich Heilige Nacht", schreit Mutter aus der Küche. – „Du hast zu viel getrunken, Ingrid", sagt der Oberst, „ich verbitte mir das!" Ingrid hat tatsächlich viel getrunken. Wir alle hatten inzwischen viel getrunken. Onkel Erwin hatte sogar den Kindern heimlich wieder einmal Bier eingeschenkt.

Ingrid legt nach: „Das ist doch unerträglicher Kehlkopfschleim!" Das war endlich wieder einmal unsere alte Schwester Ingrid! Bevor sie von ihrem Soldaten nach einer Weihnachtsfeier geschwängert worden war, war sie nämlich in der Afrika-Gruppe der Roten Zellen gewesen.

Jetzt läuft sie wieder zu revolutionärer Höchstform auf: „Menschenschinder im Weihnachtspelz!" Der Oberst sagt: „Solche wie du sind schuld!" - „Woran?" fragt Onkel Erwin und trinkt einen Obstler. - „An allem", brüllt der Oberst. - „Nicht streiten", schreit Mutter. - „Sag das deiner Tochter!" schreit Jochen zurück. Im Fernseher sagt der Bundespräsident: „Wir alle gehören zusammen."

„Nein!" schreit Ingrid. „Doch", schreit ihr Oberst. „Aber wir sind doch eine Familie!" weint Jonas. „Nein!" brüllt der Oberst. „Warum sind wir keine Familie?" Jetzt weint auch Julian. „Frag deine Mutter!" Jochen sackt in sich zusammen. Ingrid packt Julian und Jonas und flieht mit ihnen in den ersten Stock. Jetzt weint auch Jochen. Rainer steht auf und legt einen Arm um ihn. Jochen lässt es sich gefallen. „Wie sie zu unserem Bundespräsidenten steht ist mir doch egal. Aber Horst ist mir nicht egal. Sie hat wieder etwas mit Horst." Horst Schmidbauer kennt Ingrid noch von der Afrikagruppe der Roten Zellen her. Der weinende Oberst tut uns jetzt leid. Mutter weint mit ihm: „Das kriegt ihr schon wieder hin. Schon wegen der Kinder und eures Reihenhauses."

Jennifer weint auch: „Ich will hier weg." - „Wo willst du denn hin?" frage ich. „Nach Togo!" - „Sie kommt in die Pubertät", sagt Carola. (Wenn Sie nicht mehr wissen, wer Carola ist, am Anfang der Geschichte steht es!)

„Ich weiß nicht, was das Kind hat. Es hat hier doch alles, " sagt Tante Elisabeth mit Tränen in den Augen. Onkel Erwin bekommt auch feuchte Augen. Die kriegt er allerdings immer, wenn er zu viel Obstler getrunken hat. Und am Heiligen Abend trinkt Onkel Erwin besonders viel Obstler. Auch Tante Friedel schluchzt: „Ihr wisst doch gar nicht, wie es ist, wenn einem der geliebte Mann im Krieg geblieben ist." Tante Elisabeth nimmt Tante Friedel gerührt in die Arme und sagt, dass sie das mit den Bröseln nicht so gemeint habe und wahrscheinlich seien ihr Erwin und sein verdammter Alkohol schuld an allem.

Jennifer setzt sich auf den Schoß von Tante Elisabeth und bittet sie, doch noch einmal zu erzählen, wie Onkel Erwin bereits ein Jahr nach ihrer Hochzeit beim Christbaum-schmücken in den Christbaum hineingefallen sei, weil er vor lauter Obstler das Gleichgewicht verloren habe. Tante Elisabeth erzählt, dass sie sich damals von dieser besoffe-nen Rauschkugel sofort scheiden lassen wollte, aber das sei jetzt auch schon so lange her und ihr Erwin sei seither noch viele Male in den Christbaum gefallen, eigentlich fast jedes Jahr und sie sei immer noch mit diesem Schluck-specht zusammen, weil sie ihn nämlich liebe, diesen ge-waltigen Trinker vor dem Herrn. Trotz allem. Sie schluchzt.

Meine Lebensgefährtin Carola ist so gerührt von Tante Eli-sabeths Ansprache, dass auch sie jetzt weint. Ingrid kommt weinend mit den weinenden Söhnen aus dem ers-ten Stock zurück, streichelt dem immer noch flennenden Jochen übers Haar und sagt: „Wir kriegen das schon wie-der hin." und Jochen drückt seinen Kopf an Ingrids Busen und flüstert: „Ich brauche dich doch!"

Rainer erinnert an Vater, der ihn immer als kleinen Jungen auf seinen Schoß genommen habe, wenn er am Weinen war und ihn getröstet habe: „Bub, was du weinst, musst du nicht pieseln!", worauf er als kleiner Junge dann gleichzeitig geweint und gelacht habe und die ganze Fa-milie mit ihm. Und auch jetzt schluchzen alle über die schöne Geschichte. Und dann sagt Rainer, dass es schade sei, dass Vater so früh sterben musste, weil er eigentlich ein guter Vater gewesen sei, von ein paar altmodischen Einstellungen mal abgesehen, und dass man sich schon wieder zusammengerauft hätte, schon allein wegen Weihnachten.

Jetzt weint auch Rainer, aber nur kurz, weil es an der Haustüre läutet und Jean Pierre vor der Tür steht. Jean Pierre! Aus Togo natürlich. Togo! Keiner ist erstaunt darüber. Im Gegenteil. Jeder hätte sich gewundert, wenn Jean Pierre nicht aus Togo stammen würde, diesem Land, das unsere Familie auf so seltsame Weise nie los zu lassen scheint. Vor allem an Weihnachten.

Jean Pierre wünscht mit breitem afrikanischem Grinsen ein frohes Fest und fragt, warum wir alle weinten, und ich sage, dass bei uns am Heiligen Abend immer geweint werde, wenn man nicht gerade streite oder Schellen austeile und dass wir dennoch eine wunderbare Familie seien, wenn wir nicht gerade gemeinsam den Heiligen Abend feiern würden, der aber jetzt auch schon wieder vorbei sei. Wir gehen.

Von zu Hause rufe ich Mutter an und frage sie, wie sie den Heiligen Abend überstanden habe, und Mutter sagt, kein Problem, sie habe schon schlimmere Weihnachten miterlebt. Und jetzt entspanne sie sich gerade. Gabriel sei gekommen und esse gerade die Reste auf.

„Wer ist Gabriel?" frage ich.

„Na, du weißt schon, der Gabriel halt." Der sei auch in die Jahre gekommen.

„Streit' nicht mit ihm!" sage ich.

Gabriel streite nicht, sagt Mutter, Gabriel sei ein richtiger Engel.

Ich bin beunruhigt. „Mutter, was redest du da wieder?"

Allerdings, sagt Mutter, sei Gabriel ein Schwarzer. So wie Rainers neuer Freund. Ich solle das vorerst aber nicht weitererzählen. Vor allem nicht unserem Vater. Das habe noch Zeit. Sie frage sich nur, wie denn das Jesus-Kindlein ausgesehen hätte, wenn der damalige Gabriel auch ein Schwarzer gewesen wäre. Wahrscheinlich wie ein „Negerbaby aus Togo".

Jetzt steigen mir schon wieder Tränen in die Augen. Dieser verfluchte Heilige Abend! Aber da steht mein Vater neben mir und sagt leise und voller Liebe: „Wein' nur! Was du weinst, musst du nicht pieseln."

Stille Nacht! Ein weihnachtliches Singspiel

Der Vorhang hebt sich. In einer gemütlichen Stube sieht man einen Christbaum, einen Gabentisch, eine alte Standuhr und natürlich die Mama, den Papa und den Bubi, die noch einträchtig um den Gabentisch herumhocken. Von draußen hört man laute Kirchenglocken. Dann zur Melodie von „Auf dem Berge, da wehet der Wind" beginnt das Singspiel.

Papa:
(traurig) Bubi, sag, warum sitzt du so stumm
um den herrlichen Gabentisch rum!

Mama:
(noch trauriger)
Bubi, schau doch, der Christbaum ist so schön geschmückt!
Bubi, sag uns jetzt endlich, was dich so bedrückt!

Bubi:
He, Mama, ich hätt's euch schon lange gesagt.
He, Papa, ich hab's leider nie gewagt.

Mama:
He, Bubi, du hast uns schon immer vertraut.

Papa:
He, Bubi, ich hab' dich nur selten verhaut.

Bubi:
He, Mama, he Papa, das haut euch vom Stuhl.

He, Mama, he Papa, euer Bubi ist schwul.
Stockschwul, stockschwul.

Alle:
Stockschwul! Stockschwul!

Stille. Auch die Glocken von draußen verstummen, und der Christbaum wackelt. Man hört nur das unerbittliche Ticken der alten Standuhr.

Papa:
He, Bubi, das hätt' ich von dir nicht gedacht.
Schon gar nicht in dieser Hochheiligen Nacht!

Mama:
He, Bubi, das ist ja katastrophal.
He, Bubi, he, Bubi, überleg dir's noch mal!

Bubi:
Da gibt's nichts mehr zum Überlegen.
Nur Männer schenken mir Glück und Segen.

Papa:
(verzweifelt) Mein Gott, der Bubi schlägt ganz aus der Art, wenn der Bubi sich nur mit Männern paart.

Mama:
(noch verzweifelter) Warum der Bubi sich nur Männer schnappt?
Der Bubi hat doch immer und alles gehabt.

Bubi:
He, Mama, ich weiß das auch nicht so genau.

Ein Mann ist halt ganz anders als eine Frau.

Papa:
He, Bubi, he, Bubi, du liebst einen Mann.
(Rutscht näher an den Bubi heran,)
He, Bubi sag, was ist das Schöne daran?

Bubi:
He, Papa, he, Papa, so ein männliches Geschlecht,
he, he, Papa, ist auch nicht so schlecht.

Nochmalige intensive Stille. Man hört wiederum nur das Ticken der alten Standuhr. Dann auf "Ihr Kinderlein, kommet".

Papa:
(er steht auf) He, Mama, he, Mama, wenn ich's recht überleg,
dann ist das vielleicht auch für mich ein Weg.

Wiederum eine kurze Stille.

Bubi:
(steht auch auf)
He, Mama, he, Mama, das haut mich vom Stuhl.
He, Mama, der Papa ist auch schwul.

Nochmalige intensive Stille. Man hört wiederum nur das Ticken der alten Standuhr.

Mama:
He, Papa, he, Papa, jetzt kann ich mich's trau'n.
He, Papa, ich lieb schon seit langem nur Frau'n.

Jetzt stehen alle drei.

Alle:
In dieser verkehrten, hochheiligen Nacht
haben Maria und Joseph verständig gelacht.

Die alte Standuhr tickt jetzt fast vergnügt.

Papa und Bub:
(zur Melodie von „Stille Nacht)"
Sogar der Knabe im lockigen Haar
findet das alles so wunderbar.

Alle:
(zur Melodie von „In dulci jubilo")
Das Fest der Liebe ist perfekt,
nachdem die fremden Triebe erweckt.

Jetzt liegen sich alle in den Armen.

Bubi:
Gesprochen.
Und nach Überwindung dieses Schocks
bespringt der Esel noch den Ochs.

Die Kirchenglocken beginnen wieder zu läuten. Noch lauter als zuvor. Zu Händels „Halleluja" sinkt langsam der Vorhang.

Absolut korrekter Krippenkauf (nach einer Vorlage von Maja Suleymanbasic bearbeitet)

Mein Bruder Jörg und noch mehr seine Frau Lisa, aber am allermeisten seine beiden Töchterchen Birte und Nele denken bei Weihnachten an alles andere als an Maria, Joseph, das Jesuskindlein und an den Stall von Bethlehem. Deshalb will ich ihnen dieses Jahr eine Krippe schenken.

Gestern stehe ich also bei Pflanzen-Rösner und suche nach einer passenden Krippe. Also Pflanzen-Rösner verkauft inzwischen weniger Pflanzen als zu Fasching Faschingsschnickschnack, zu Ostern Osterschnickschnack und eben zu Weihnachten Weihnachtsschnickschnack: Lichterketten, Engel, Lametta, Kugeln etc. und eben auch Weihnachtskrippen. Jede Menge Weihnachtskrippen, große, kleine, moderne, altmodische, aus Holz, Plastik oder Gips. Ich stehe also einigermaßen hilflos herum und betrachte speziell eine Krippe. Ein Verkäufer eilt herbei. „Kann ich Ihnen helfen?" - „O ja, das wäre nett", sage ich, „ich wollte gerne eine Weihnachtskrippe kaufen."

Der Verkäufer schaut mich streng an, dann die Krippe und dann wieder mich und sagt: „Und diese gefällt Ihnen also offensichtlich nicht. Das verstehe ich ehrlich gesagt nicht. Ich habe diese Krippe heute schon fünfmal verkauft! Und im Übrigen sagt man heute nicht mehr Krippe, sondern Geburtsstätte. 'Krippe' erinnert doch sehr an unsere christlichen Bräuche. Und damit wollen wir doch unsere Mitmenschen mit Migrationshintergrund nicht verletzen, die nicht wie Sie, das Glück hatten, hier satt und selbstzufrieden wie Maden im Speck aufzuwachsen."

Ich habe das Gefühl mich entschuldigen zu müssen. „Doch, doch, ich finde ja diese Geburtsstätte ganz wunderbar. Aber mir ist aufgefallen, dass auf der Verpackung diese vielen Hinweise stehe - "

Der Verkäufer schürzt die Lippen. „Ja, und?"

„Also", sage ich verlegen, „Hölzer - nur aus biologischem Anbau!", „Nicht in Kinderarbeit hergestellt!", „Ohne das Grundwasser belastende Beizmittel!", „Nur mit veganer Farbe bemalt!" und „Zu 100 Prozent klimaneutral!" steht auch noch drauf Das ist ein bisschen zu korrekt für meinen Geschmack."

„Hätten Sie lieber eine Geburtsstätte mit Kinderarbeit, Wasserbelastung? Vielleicht noch mit Braunkohle beheizt?"

Ich versuche zu lächeln. „Das ist mir zu viel moralischer Zeigefinger, wissen Sie".

Darauf geht der Verkäufer gleich gar nicht ein. „Das Einzige, was ich weiß, mein Herr, ist, dass Leute wie Sie schuld daran sind, wenn wir unseren Kindern eine kaputte, vergiftete Welt hinterlassen." Jetzt bekommt seine Stimme etwas Tieftrauriges.

Das berührt mich, weil ich mir jetzt doch etwas verantwortungslos vorkomme. Ich möchte ihm seine Trauer und Resignation nehmen: „Ist ja gut, mein Lieber", tröste ich ihn, „ich denke, wir finden eine Lösung. Wissen Sie was! Ich verschenke die Krippe eben ohne Verpackung." Diese Idee macht mich froh, während sie den Verkäufer nicht überzeugt.

„Erstens bin ich nicht Ihr Lieber. Denn uns trennen Welten! Und nicht nur Ihr abendländisch-fremdenfeindlicher, um nicht zu sagen tendenziell rassistischer Krippenschnickschnack! Aber verraten Sie mir lieber, was Sie mit der Verpackung zu tun gedenken."

„Wie die Verpackung?" frage ich, „die werfe ich natürlich weg." - „,Natürlich?' Warum überrascht mich das nicht?" - „Ja, was soll ich denn sonst damit machen?" - „Wiederverwerten!" – „Wiederverwerten?" – „Ja, wiederverwerten! Wenn Ihnen das etwas sagt!"

Ich versuch's mit Ironie. „Soll ich mir einen Hut draus machen oder ein Heim für einen bedürftige Menschen mit nichtchristlichem Hintergrund?" Ich lächle. Der Verkäufer lächelt nicht. Er nähert sich mir langsam und irgendwie bedrohlich. „Sie brauchen jetzt nicht sarkastisch zu werden."

Es reicht, und ich schlage mit Hochmut zurück. „Ach, kommen Sie! Sie wissen doch wahrscheinlich noch nicht mal, wie man das schreibt." Das hätte ich für mich behalten sollen

Denn jetzt legt der Verkäufer erst richtig los und meint, dass er sich jetzt auftäte, wie erwartet, der gähnende Abgrund der Zweiklassengesellschaft, diese Kluft zwischen den Bildungskasten der BRD! Was wisse ich denn schon von ihm? Ich hätte bestimmt keine alkoholkranke Mutter und einen Vater ohne Namen gehabt. Ich sei am Lichterfest, dass ich wahrscheinlich immer noch Weihnachten nennen würde, so mit Geschenken zugeschissen worden, dass man mich erst drei Tage später unter dem ganzen

Verpackungsmüll gefunden hätte. Und ich wolle über ihn urteilen!

Jetzt hat er mich an einer wunden Stelle erwischt. Ich war nämlich schon als Gymnasiast entschieden für Bildungsgerechtigkeit, habe in den Morgenstunden frierend Flugblätter vor BMW verteilt und später auch immer dementsprechend gewählt. „Verzeihung", murmle ich niedergeschlagen, „so habe ich das doch wirklich nicht gemeint." Leise. Die anderen Kunden sollen von meiner bildungsbürgerlichen Arroganz nichts mitbekommen.

Doch der Verkäufer macht Pflanzen-Rösner zum Tribunal. „Ach" ruft der Verkäufer, „so haben Sie es nicht gemeint? Wahrscheinlich haben Sie auch nichts gegen Menschen mit Migrationshintergrund - solange Sie nicht in Ihrem feinen Viertel wohnen."

Ich stottere: „Aber ich … "

„Nichts 'Aber ich'! Geben Sie es doch zu! Wenn es nach Ihnen ginge, wären auch alle heiligen drei Könige blond und blauäugig gewesen, Sie mentaler Kapuzenträger! Aber so funktioniert die Welt nicht. Es gibt nun mal schwarz und weiß, Recht und Unrecht, Moral und Unmoral, und auch Sie können daran nichts ändern!"

Der ideologische Kampf im Pflanzen-Rösner eskaliert. Alles muss ich mir auch nicht gefallen lassen! „Jetzt reißen Sie sich aber zusammen!" zische ich.

Der Verkäufer gerät immer mehr außer sich. „Genauso einer sind Sie! Wollen immer das Kommando haben. Warum kaufen Sie nicht gleich zehn Weihnachtskrippen, eine ganze Landschaft aus Krippen. Dann stecken Sie alle

Marias in ein Frauenarbeitslager, die Jesusse werden Kindersoldaten und auf den Rest schmeißen Sie eine selbstgebastelte Bombe! Oder noch besser: Sie kaufen sich 150 Ochsen und noch einmal so viele Esel und spielen zu Hause Tiertransport! So einer sind Sie doch!"

Jetzt nähere ich mich diesem Wahnsinnigen. Auge in Auge stehen wir uns jetzt gegenüber. Das wirkt auf ihn bedrohlich. „Aha!" schreit er mich an, „aha! Wenn Argumente fehlen, greift man zur Gewalt! Sie postkolonialer Herrenmensch"

Ich schreie zurück: „Es reicht! Halten Sie endlich Ihren Mund! Ich will jetzt sofort den Geschäftsführer sprechen! Holen Sie Sie mir auf der Stelle den Geschäftsführer!" Ich erschrecke vor meiner eigenen Lautstärke. Die anderen Kunden fliehen jetzt in die Abteilung mit den Kakteen und rotblätterigen Weihnachtssternen (die im Pflanzen-Rösner inzwischen korrekt als Lichterfeststerne geführt werden!). Der Verkäufer krümmt den Rücken und lispelt ein „Ja, Massa, ich laufen schon ganz snell" und „Bittä kein Peitschä auf meine arme Rücken!"

Nach einer gewissen Zeit nähert sich mir von hinten mit entschiedenem Schritt eine Frau. „Sind Sie der Geschäftsführer?" frage ich. - „Nein", sagt die Frau. „Dann wären Sie so nett und würden mir den Geschäftsführer holen." – „Ich bin die Geschäftsführerin!" Stille.

Ich atme auf und sage: „Ach, so." und „Na, Gott sei Dank!"

Die Frau Geschäftsführerin lächelt mich heimtückisch an. „Damit hatten Sie wohl nicht gerechnet." – „Womit?" frage ich schüchtern. – „Na, dass eine Frau kommt."

„Ehrlich gesagt habe ich mit gar nichts gerechnet. Ich will nur - " Weiter komme ich nicht. - „Ich will, ich will, ich will - das ist alles, was ihr Männer sagen könnt, oder? Zu mehr reichts nicht! Geben Sie es doch zu, dass Ihre Frau zuhause sitzt mit den schreienden Blagen, während Sie hier einen auf dicke Hose machen und meine Mitarbeiter herumscheuchen."

„Womit habe ich das alles verdient", denke ich, „ausgerechnet ich, der nie dem gesellschaftlichen Fortschritt im Wege gestanden ist, der als Student für die ASTA-Frauengruppe vor der Mensa Flugblätter verteilt hat. Ja, aus Überzeugung. Nicht nur weil meine damalige Freundin Monika das toll fand. „Sagen Sie, bin ich hier in einem Irrenhaus?" frage ich die Geschäftsführerin. - „Nein", sagt die, „und ich habe auch nicht meine Tage."

Ich versuch's tatsächlich noch einmal versöhnlich und sage mit der freundlichsten Stimme, die mir zur Verfügung steht: „Hören Sie, gute Frau - " „Ich bin auch nicht Ihre gute Frau!" herrscht sich mich an, „ich habe schließlich einen Beruf."

„Und könnten Sie jetzt auch diesem, Ihrem Beruf nachgehen …. unter Umständen … also bitte …. vielleicht …. also nur, wenn - "

„Von Ihnen brauche ich mir gar nichts sagen lassen. Sie sind hier nicht im Puff. Nur weil ich einen Rock trage, heißt das noch lange nicht, dass ich Ihr willenloses Sexspielzeug bin."

Ich versuche noch einen schlichten Scherz und meine: „Wissen Sie, auf Sie hätte ich jetzt auch überhaupt keine Lust." Das war mutig, aber nicht korrekt.

„Das war ja klar. Weil Sie sich auf der sachlichen Ebene unterlegen fühlen, müssen Sie mich jetzt als Frau abwerten."

Jetzt bekomme ich im Pflanzen-Rösner so etwas wie einen Nervenzusammenbruch. „Ich werde wahnsinnig," heule ich, „hören Sie: Alles was ich will, ist eine Weihnachtskrippe kaufen. Eine Krippe mit einem Jesuskindlein, einer Maria und einem Joseph, Engeln, Hirten, Ochs und Esel .... Einfach eine Krippe!"

„Also, warum sagen Sie das nicht gleich, dass Sie eine Geburtsstätte fürs Lichterfest brauchen. Dass die Menschen vor Weihnachten so schlechte Nerven haben. Und gerade die Männer!"

Die wahnsinnige Familie des Bergbauern Waldenmeier

Alles wendete sich an diesem Heiligen Abend zum Guten. Der junge Simon Waldenmeier lächelte selig Amelie vom Obermeier-Hof an, während die Base Annerl an Socken für ihren Verlobten Heinrich strickte, die noch rechtzeitig für den windigen Gang zur Christmette fertig sein sollten.

„Genau, nur so gibt das Ganze einen Sinn, liebe Amelie", sagte der Simon, „wenn nämlich ich am End' gar nicht dein kleines Bubi bin, sondern du meine Schwester bist."

Die Amelie sagte daraufhin: „Aber, Simon, das würd' ja bedeuten, dass du dann auch nicht mein Herzschatz sein kannst."

„Und unsere liebe Mutter erst recht nicht die Frau von unserem Vater, sondern die Tochter der gemeinsamen Geliebten Hedwig", sagte der Simon.

„Dann wiederum kann aber auch der Sebastian gar nicht meine Kusine sein, was er immer so gern sein wollte, sondern ist der Lebensgefährte vom Onkel Karl."

„Ja, aber erst der Herr Heinrich! Der Herr Heinrich!!!", murmelte das Annerl.

Darauf wollte der Simon gleich gar nicht eingehen. Er wandte sich wieder der Amelie zu: „Ja, klar! Und die Frau vom Onkel Karl ist gar nicht meine liebe Tante, sondern in Wirklichkeit der Onkel Gustav."

„Der aber immer wie eine Großmutter zu mir war, obwohl meine eigentliche Großmutter gar nicht die Frau von unserem guten Opa sein konnte", fügte die Amelie hinzu.

„Richtig! Weil sie ja mit dem Herrn von Biederstein-Wutzke verheiratet war, der dann aber letztlich gar nicht dein geliebter Frauenarzt L. aus P., sondern der treulose Priester Korbinian aus Breit im Winkl war."

„Ja, aber erst der Herr Heinrich! Der Herr Heinrich!!!", murmelte das Annerl.

„Das will mir jetzt gleich gar nicht in meinen Kopf, Simon, dass du dann der Meineidbauer vom Kreuzweghof und gleichzeitig seine brünstige Nachtschwester Ingeborg sein müsstest, die mir damals in jener rauen Winternacht meinen geliebten Frauenarzt L. aus P. – du weißt schon!"

„Ja, aber erst der Herr Heinrich! Der Herr Heinrich!!!", murmelte das Annerl schon wieder.

„Aber, Amelie, nur so kann es sein! Jetzt geht mir endlich das lang ersehnte Licht auf! Unser lieber Papa war gleichzeitig unser Vater, Großvater und der Onkel Gustav vom Schloss Hubertus auch. Und unsere Mutter gleichzeitig die Tante Berta und die Geier-Wally und wahrscheinlich auch die Recka vom Watzmann."

„Das heißt dann", sagte die Amelie, „dass wir alle aus dem fernen Appenzell stammen und wir alle auf immer beieinanderbleiben könnten. Weil so gesehen bin ich nicht gar nicht die Amelie, sondern die Tante Lillibeth oder deren Schwester Trudi, aber das müsste ich doch eigentlich wissen.

"Ach, liebe Amelie, was weiß man schon über sich? Weil so gesehen müsste ich auch deine Stieftochter Gundel sein, die aber immer behauptet hat, dass unser gemeinsamer Onkel Sepp der Herrgottschnitzer Franz von Ammergau gewesen ist."

„Ja, aber erst der Herr Heinrich! Der Herr Heinrich!!!", murmelte das Annerl. Diesmal etwas lauter. Der Simon und die Amelie verstummten und schauten erschrocken auf das Annerl.

„Das heißt, Simon, Gundel, Onkel Sepp oder wer du jetzt auch bist - das heißt, dass erst dieser Herr Heinrich, der Herr Heinrich unsere Wälder zum ewigen Singen gebracht und der Streit um das Erbe von Björnthal endlich ein gutes Ende gefunden hätte! Das ist jetzt freilich der Wahnsinn!"

Wie Schuppen fiel es den Dreien von den Augen. Und so machten sie sich auf den Weg zur Christmette: der Simon Waldenmeier, der eigentlich gar nicht der Simon war und schon gleich gar nicht Amelies kleines Bubi, sondern ihr Bruder, wenn überhaupt, vielleicht doch ihr Onkel Gustav, der Simons Mutter, die Geierwally von Penzing, in die Arme des Herrn von Biederstein-Wutzke aus Sterzing getrieben hat, die Amelie Obermeier selber, die vielleicht doch die Geliebte des meineidigen Priesters Korbinian aus Breit im Winkl war, aber keinesfalls sein Urologe Arthur Brandl, dann eher noch die unmündige Nichte vom Onkel Karl Waldenmeier und vielleicht gleichzeitig die Schwester vom Herrn von Biederstein-Wutzke aus Sterzing und schließlich das Annerl überglücklich zusammen mit ihrem Herrn Heinrich in seinen neuen Socken - alle, alle stampften glücklich durch den Schnee. Jetzt wussten sie endlich, woran sie waren! Der Wahnsinn!

Ich werde wahnsinnig

Ich werde wahnsinnig
von weihnachtlichen Zwangsneurosen.
Ich werde wahnsinnig.
Die Stadt wird mir zur Qual.
Ich krieg langsam volle Hosen
von grausigen Adventspsychosen
Ich werde wahnsinnig.
Sind Sie denn noch normal?

Ich werde wahnsinnig
von diesem irren Weihnachtskrampf.
Ich werde wahnsinnig
von Jingle Bells und Glühweindampf
Gibt es keinen Menschen mehr,
der sich noch normal benimmt?
Gibt's keinen Menschen mehr,
bei dem 's im Hirn drin stimmt?

Ich wird' schon ganz kribbelig,
wenn ich durch diese Straßen geh'.
Ich wird' schon ganz hibbelig,
wenn ich das irre Chaos seh'.
Ich wird' gedrängt, gedrückt, gepackt.
Alle woll'n mit mir Kontakt.
Ein mittleres Rhinozeros
tritt mir heftig auf den Fuß.

Von hinten drückt ein Hintern her.
Will die schon Geschlechtsverkehr?

Ich stolpere, fall auf diese Frau.
Ihr Mann greift mich und schreit: „Du Sau,
Wo ist der schicke Mantel her?
Den gibst du auf der Stelle her."
Ein andrer nimmt mir ungehemmt.
Kurz später weg mein neues Hemd.

Doch hab' ich längst noch keine Ruh:
Der nächste raubt mir meine Schuh.
Der vierte meine Hose packt.
„O je, Sie sind ja völlig nackt."
Das kreischt 'ne Oma mir ins Ohr.
Da plötzlich fällt ein Meteor
ins Zentrum dieser großen Stadt, -
die plötzlich keine Leut' mehr hat.
Weil wo die Straße vorher noch,
ist jetzt ein riesengroßes Loch.

Overkill, overkill!

Jetzt ist's still.

Mucksmäuschenstill ....

Unheimlich still.

Ich werde wahnsinnig.

Walter Zauner
Begrenztes Vergnügen
49 Notizen zu Viktor und Violetta
Roman

Vergnügen muss sein, sagt Tante Cilly, fügt aber sofort hinzu, dass jedes Vergnügen ziemlich begrenzt sei. Gegen diese Grenzen des Vergnügens rebellieren Viktor und Violetta ihr Leben lang.

Mit wilder Phantasie organisieren und inszenieren sie Vergnügungen vielfältiger und oft wahnwitziger Art. So wollen die beiden die Welt in eine permanente Komödie zwingen.

Umgeben von Lebensbesessenen und Lebensmüden, Menschenverächtern und Dummköpfen, Geschändeten und Schändern stößt Viktors und Violettas Komödie an ihre Grenzen.

Geschichten von Freundschaft und Feindschaft, von Niedertracht, Verlust und Trauer. Und eine Liebesgeschichte. Aber eben eine mit begrenztem Vergnügen.

BoD – Books on Demand, Norderstedt 2021

ISBN: 9783753462820